午夜幫

大衛·威廉 著
東尼·羅斯 繪
鐘岸真 譯

晨星出版

蘋果文庫 127

午夜幫

作者：大衛・威廉｜繪者：東尼・羅斯｜譯者：鐘岸真｜主編：陳彥琪｜校對：許仁豪、林品劭｜封面設計：黃裴文｜美術設計：張蘊方｜

創辦人：陳銘民｜發行所：晨星出版有限公司｜台中407台中市西屯區工業30路1號1樓｜TEL：(04)23595820｜FAX：(04)23550581｜http://star.morningstar.com.tw｜行政院新聞局局版台業字第2500號｜法律顧問：陳思成律師｜初版日期：2019年10月15日｜再版日期：2022年04月25日（三刷）｜法律顧問：陳思成律師

讀者服務專線：TEL:（02）23672044 /（04）23595819#212｜讀者傳真專線：FAX:（02）23635741 /（04）23595493｜讀者專用信箱：service@morningstar.com.tw｜網路書店：http://www.morningstar.com.tw｜郵政劃撥：15060393（知己圖書股份有限公司）｜印刷：上好印刷股份有限公司

ISBN｜978-986-443-918-8
CIP｜873.59／108012217
定價｜350元

獻給溫蒂和亨利這兩位犀利的讀者，
以及未來的作家

大衛

謝辭

我要感謝：

我的插畫家
東尼・羅斯

我的執行出版人
安・珍妮・莫塔

執行長
查理・雷德梅因

我的作家經紀人
保羅・史蒂文斯

我的編輯
愛麗絲・布雷克

出版經理
凱特・伯恩斯

總編輯
莎曼珊・史都華

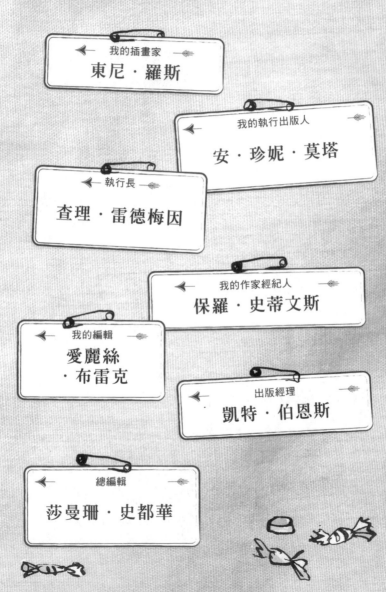

創意總監
薇兒．布拉斯維特

封面設計
凱特．克拉克

文字設計
艾洛林．葛蘭特

設計
曼達．史考特

行銷暨公關經理
潔若汀．史特勞德

品牌總監
愛麗森．茹安

宣傳
山姆．懷特

錄音編輯
譚雅．布倫南．羅普

David Walliams

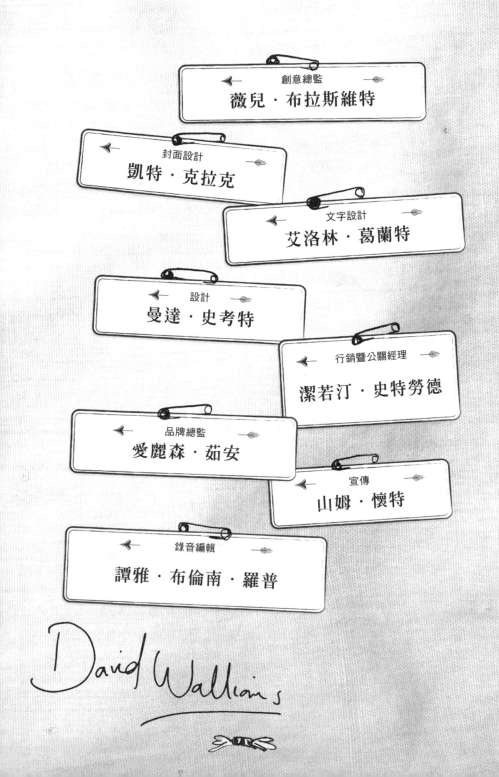

「很高興能閱讀到這樣令人著迷又有趣的原創小說，同時又是一本發人深省卻歡樂幽默的故事。」

——阿曼達．克雷格，英國《泰晤士報》

「我非常喜歡大衛．威廉的書，再過幾年，它們都將成為經典。」

——蘇．唐珊，《少年阿莫的秘密日記》作者，英國《衛報》

「新一代的羅德．達爾。」

——《倫敦標準晚報》

「一本結合智慧和溫暖的成功書籍。」

——《電報年度最佳書籍》

「荒誕且令人非常愉快的故事情節。」

——《旁觀者》雜誌

「大衛・威廉的另一場勝利。他的書就像是一股美妙的新鮮空氣。」

——英國《太陽報》

「大衛・威廉的童書就是暢銷保證……看看這人氣熱賣的景象就知道了。」

——《每日郵報》

「非常有趣。」

——《英國報紙》

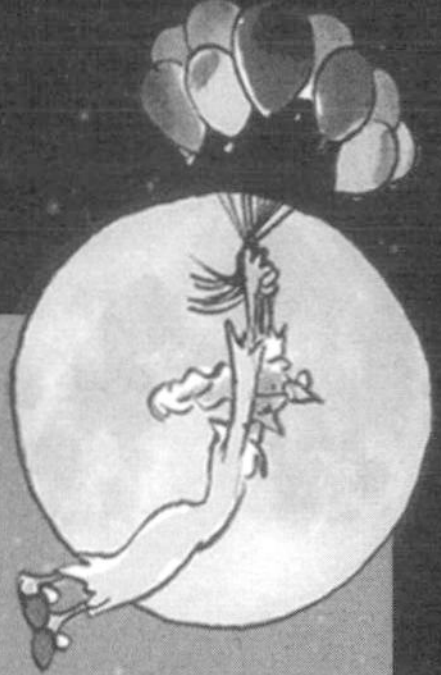

目錄

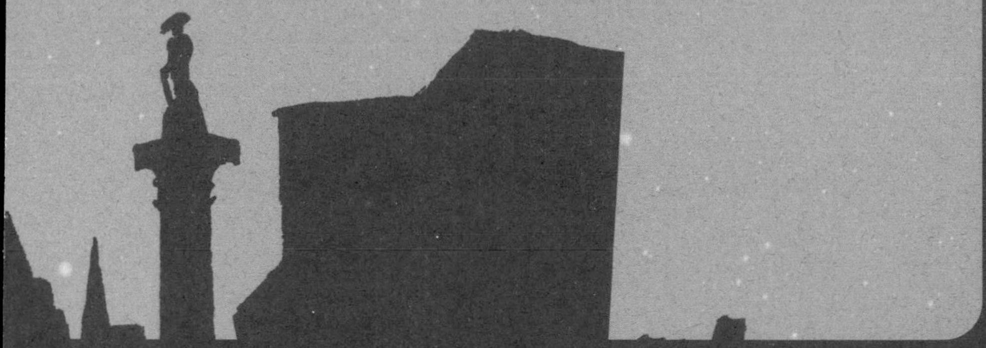

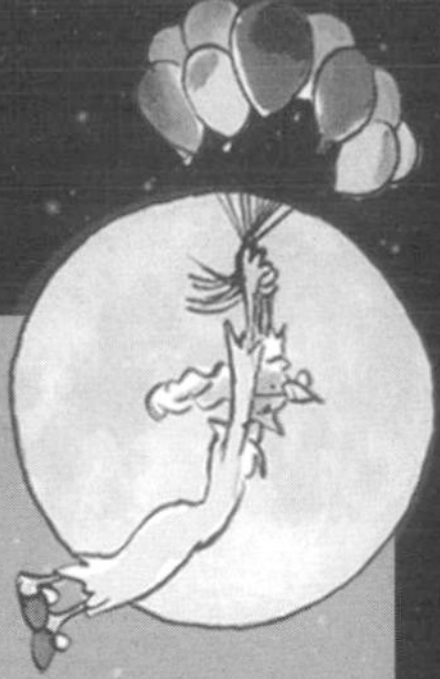

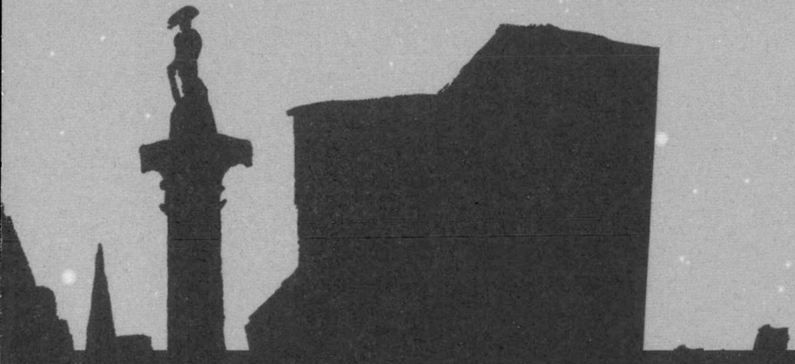

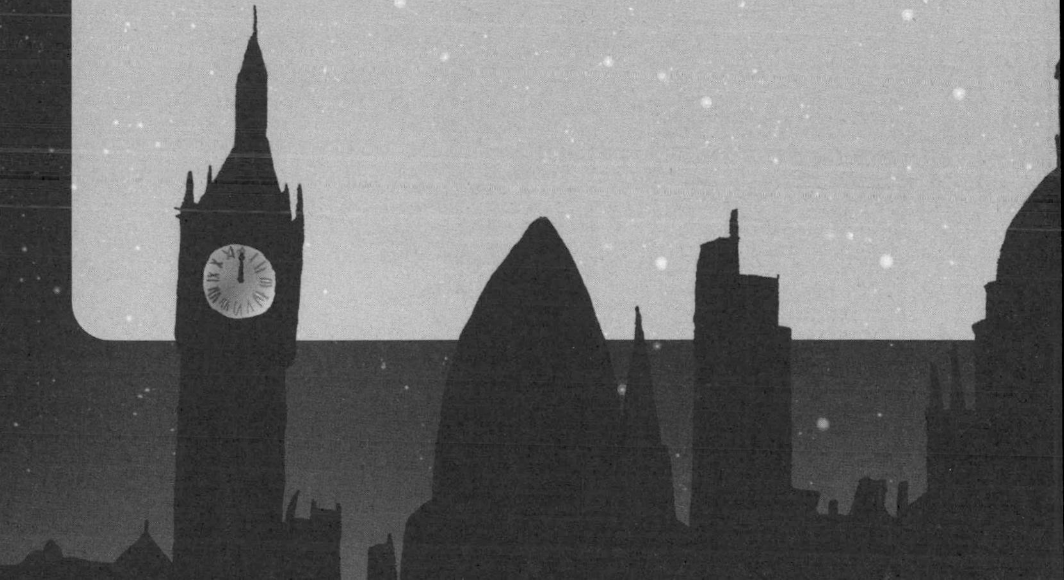

此面反轉看

歡迎來到午夜幫的世界

這是英國倫敦的**范爺醫院**，歷史非常久遠，其實早就該被拆掉了。
這家醫院之所以叫范爺，是為了紀念其已故的創辦人范爺。

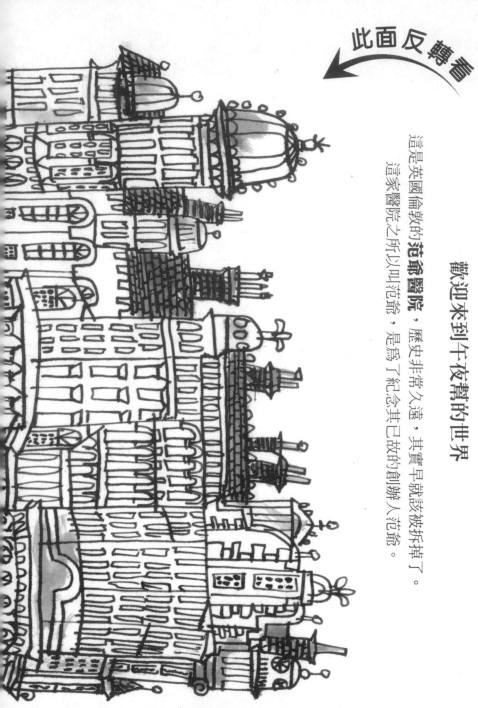

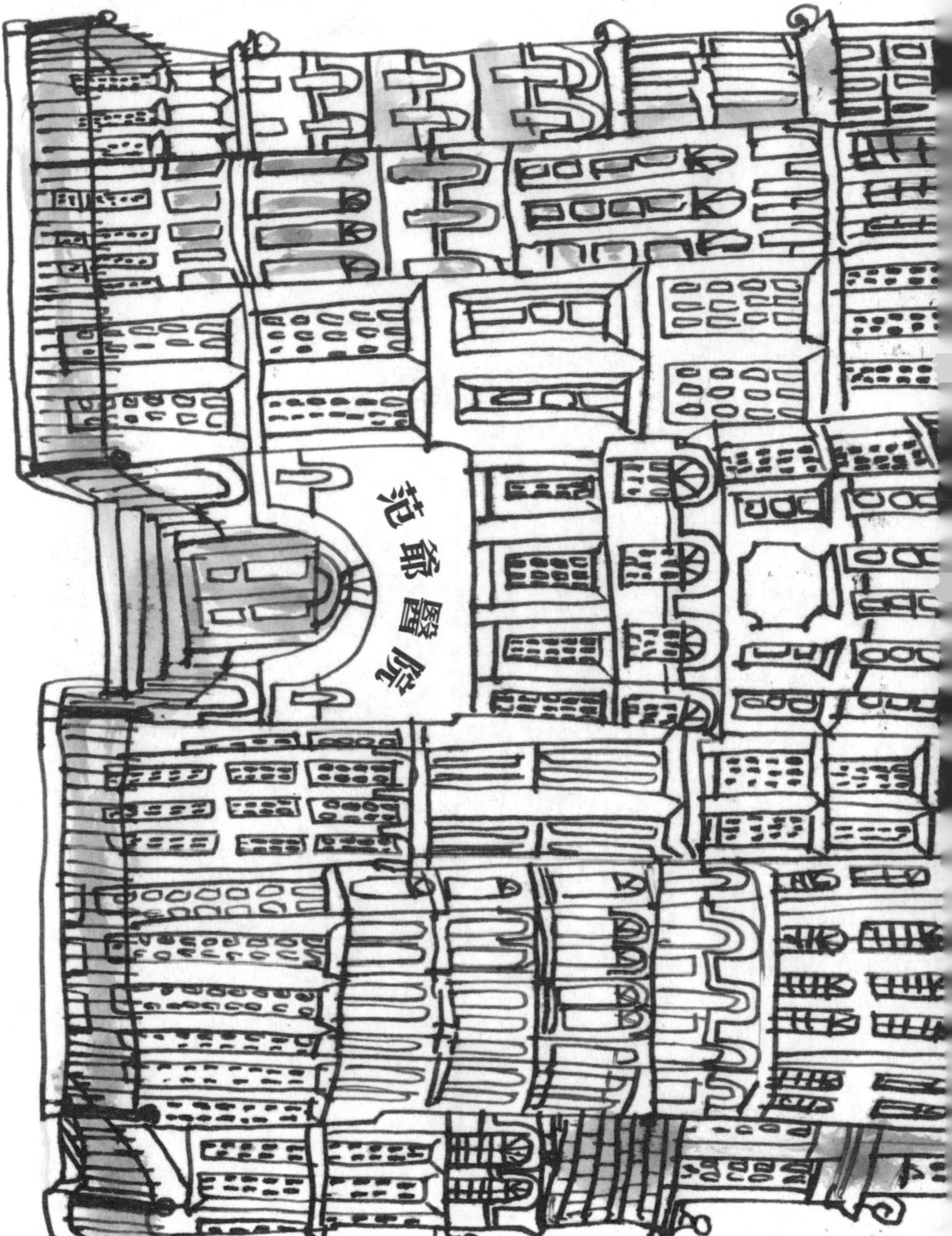
范爺醫院

現在來看看**范爺醫院**的內部

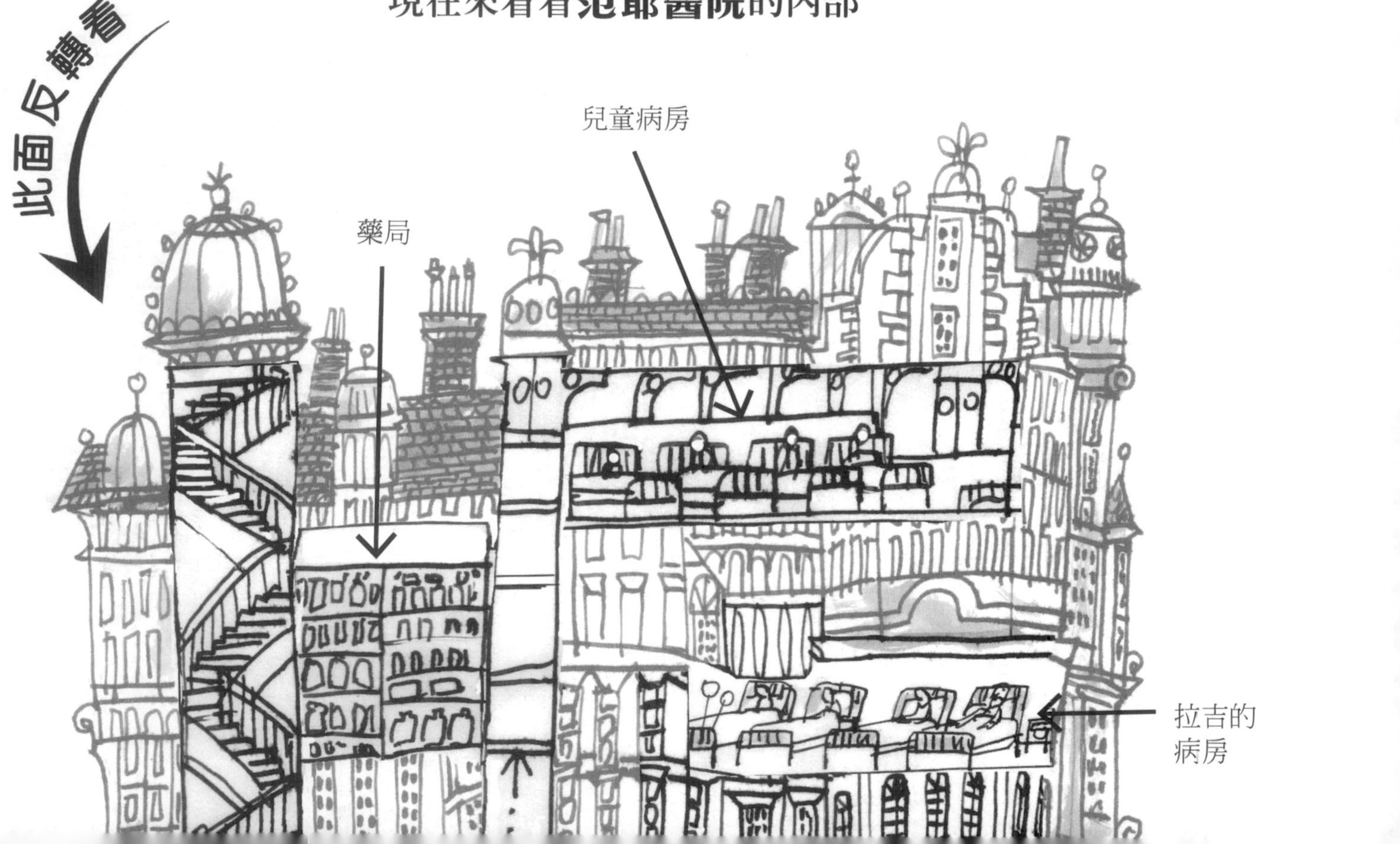

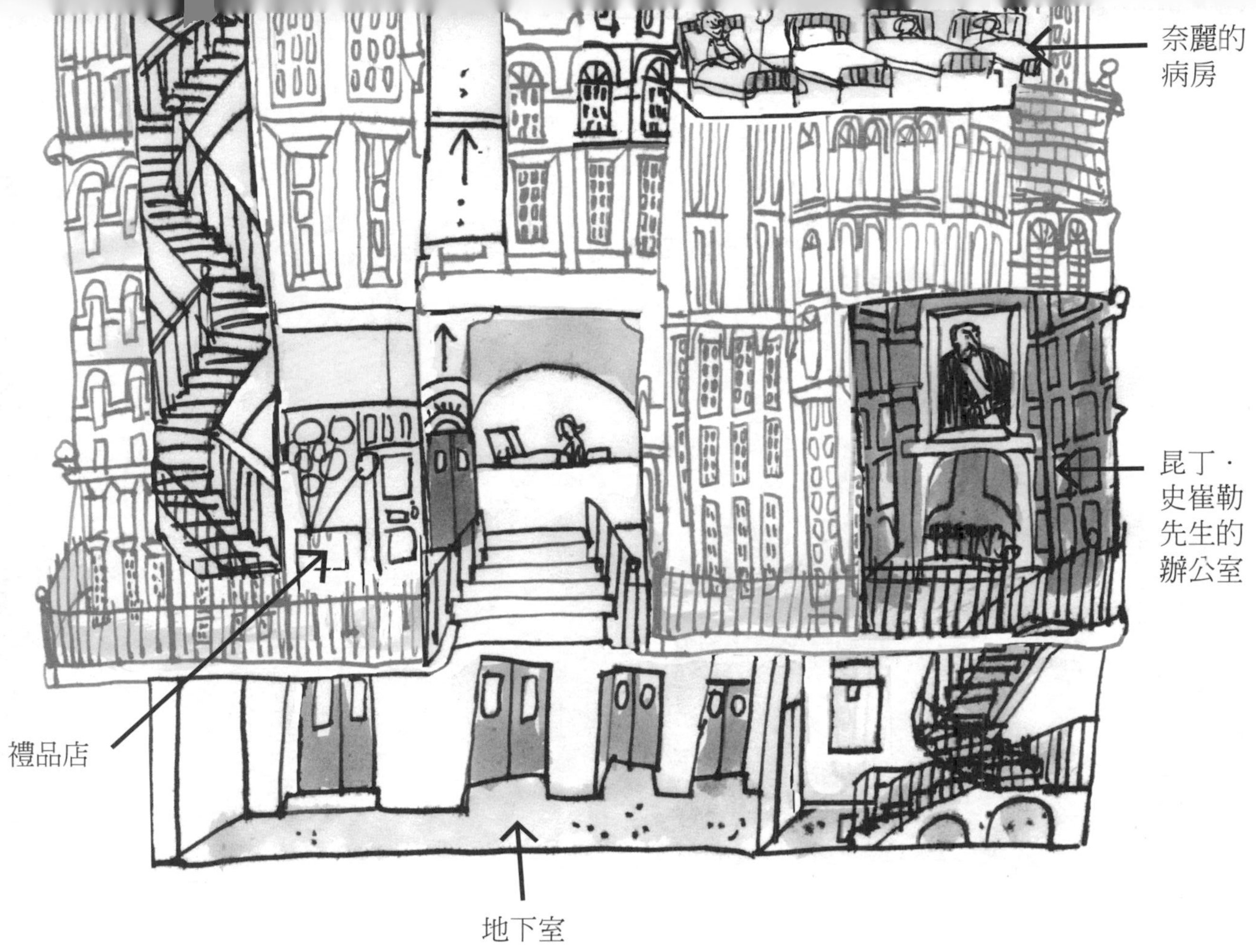
奈麗的病房
昆丁・史崔勒先生的辦公室
禮品店
地下室

現在介紹位於醫院第四十四層樓的兒童病房病人

湯姆，十二歲，
就讀貴族寄宿學校，
他的頭部受傷。

安柏，十二歲，
她雙手和雙腳都斷了，
已經坐在輪椅上好一陣子了。

羅賓，也是十二歲，
他動了手術想挽回視力，
目前正在恢復中，
暫時什麼都看不見。

喬治，十一歲，
來自倫敦東區，是道地的英國佬。
他剛割掉扁桃腺，還在恢復中。

莎莉，只有十歲，
是這群孩子當中年紀最小的。
她的身體非常虛弱，
因此大部分的時間都在睡覺。

醫院裡最老的病人
是九十九歲的奈麗，
住在樓下的一間成人病房裡。

有好幾百人
在**范爺醫院**工作
其中有：

搬運工，是一個寂寞的人，
他真正的名字是個謎。
他的工作是搬移醫院裡的人和東西。
他就一直待在這家醫院，
似乎沒有要離開的意思。

梅春，除了管理兒童病房之外，
對兒童一點好感也沒有。

拉普醫生，
剛當上醫生，
很容易被耍。

塗琪是醫院裡的送餐小姐，
負責用推車把餐點送給所有病人。

密絲護士看起來很累，
她似乎連一晚都沒有休息過。

滴莉是醫院裡的
清潔工之一，
你會知道她打掃到哪裡了，
因爲她所到之處
總有一條長長的
煙灰痕跡。

喀德是個老藥劑師，
他戴著助聽器和厚厚的眼鏡。
這家醫院裡的藥局就是他經營的。

昆丁·史崔勒先生
是這家貴族醫院的院長，
負責管理所有的人和所有的事。

休斯先生並不是醫院裡的人，
他是**聖威利男子寄宿學校**的校長，
就是湯姆就讀的那所學校。

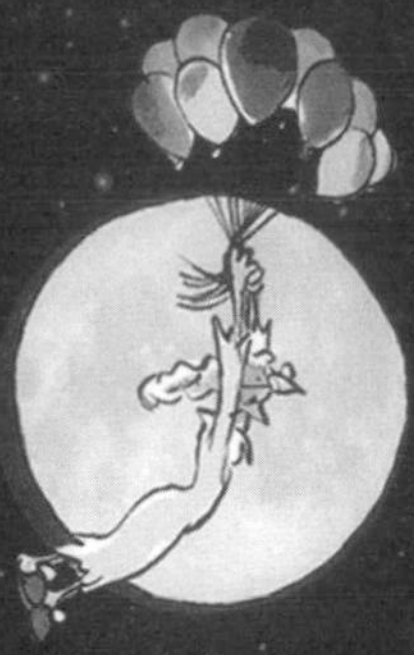

午夜是所有小孩都熟睡的時候，

當然除了……

午夜幫之外！

就在這個時候他們的冒險才正要開始。

1 怪人

「啊！」男孩大叫。

一張他所見過最猙獰的臉正盯著他。那是一張人的臉，但卻完全歪了一邊。一邊太大，而另一邊則太小。那張臉咧嘴笑起來，好像是想讓男孩鎮定下來，但露出了那排殘缺和朽壞的牙齒，卻讓男孩更加驚嚇了。

「啊——啊——！」他又尖叫一次。

「你沒事的，小先生。拜託冷靜下來。」那人口齒不清地說。

他的臉很畸形，連口齒也一樣。

這個人是誰，他要把男孩帶到哪裡去？

這時候男孩才意識到自己是平躺著的，視線盯著上方。他感覺自己好像在飄，有東西在**嘎吱嘎吱響**。不就是他自己在**嘎吱嘎吱響**嗎？男孩這下子明白是他自己躺在推床上，而且是一台輪子搖晃的推床。

他一時之間滿頭霧水。

他在哪裡？

是怎麼到這裡的？

爲什麼他一件事情也想不起來？

而且，更重要的是，這個恐怖的怪人是誰？

這台推床慢慢地經過長廊，男孩聽到有東西在地上拖，那聲音像是皮鞋刮過的尖銳吱吱聲。

男孩往下看，這個人是個跛子，他的身體就像他那張臉，也是一邊大一邊小。因此他就拖著那隻萎縮的腿走路，看起來好像每一步都走得疼痛吃力。

砰！

一扇對開的大門打開，推床闖進一間房間之後，停了下來。然後有條布簾圍繞著男孩拉了起來。

「小先生，我希望你不至於太不舒服。」那個人說。男孩覺得很奇怪，爲什麼這人叫他先生。他這輩子還沒被叫過先生，他才十二歲。在他的寄宿學校，先生這個稱謂只適用於老師。「現在你先在這裡等著，我只是個搬運工，我幫你叫護士來，護士！」

男孩就這樣躺在那裡，覺得自己好像跟自己的身體分離，全身癱軟、毫無氣力。

儘管如此，他還是會痛，那痛感是來自頭部。隨著脈搏跳動，一陣陣灼熱。如果那種感覺可以用顏色來表達的話，那就是**紅色，紅得發亮、發熱，簡直就快燒起來了。**

這樣的劇痛不禁讓他閉上了眼睛。

當他再度睜開眼睛時，發現自己正盯著亮晃晃的螢光燈，這讓他的頭又更痛了。

接著他聽見逐漸接近的腳步聲。

布簾猛然被拉開。

一個身型壯碩，頭戴帽子、穿著藍白相間制服的年長女士出現在眼前。她側過身來，檢查他的頭。只見她那充血的眼睛框著黑眼圈，頭上頂著捲捲的黑頭髮。她那張臉是鮮紅色的，好像被起司刨絲器刨過一樣。簡單地說，她看起來就像一整個禮拜都沒睡覺，而且還正為此氣得不得了。

「啊！我的老天啊！我的老天啊！我的老天啊！老天啊！老天啊！老天啊……」她自顧自地喃喃自語。

因為整個人頭昏腦脹，這男孩花了好一會兒才發現這個女士穿著的，其實就是護士制服。

男孩終於知道自己身在何處了。醫院！他從來沒去過醫院，除了出生的那天以外，不過那一天的狀況他根本就不記得了。

男孩的眼睛移向女士的名牌：密絲護士，**范爺醫院**。

「你頭上腫了一個包，一個大包，一個很大的包。這樣，會痛嗎？」她邊說還邊用手指頭用力戳男孩子的頭。

「唉唷！」他大聲尖叫，那聲音大到在長廊迴盪著。

「才那麼點痛，」護士暗自嘀咕。「好，那我現在去叫醫生，醫生！」

布簾被拉開，然後又拉上。

躺在那裡望著天花板的男孩，聽到腳步聲逐漸離去。

「醫生！」在走廊的某處，又傳來她的大叫聲。

「護士，我來了！」遠處傳來回應。

「快點！」她大聲喊。

「對不起！」那聲音又回應了。

接著是腳步快速逼近的聲音。

布簾被拽開。

一個臉頰瘦削的年輕人一陣風似地闖了進來，那身白長袍還在後頭拖曳著。

「喔！天啊！喔！天啊！喔！天啊！」這語氣非常文雅。因為他是跑過來的，所以還在喘著氣。男孩往上看，看到這個人的名牌上面寫著：拉普醫生。

「真是腫了個大包包。會痛嗎？」這人從胸前口袋裡掏出一支鉛筆，他手握住筆的一端，往男孩頭上敲了幾下。

「唉唷！」男孩又尖叫了起來。雖然這次不像上次被粗糙老指頭戳到那麼慘，不過還是很痛。

「對不起，對不起，對不起！請不要投訴我。你知道，我是個才剛畢業的菜鳥醫生。」

「我不會啦。」男孩悶悶地說。

「你確定？」

「非常確定！」

「謝謝，現在我必須要詳細填寫住院資料。」接著這個人拿出一張長長的表單，看起來似乎得花一個禮拜才能填完。

男孩嘆了一口氣。

「所以，年輕人，」這醫生用一種唱歌語調講話，他似乎想讓這份無聊的工作有趣一點，「你叫什麼名字？」

男孩的腦袋一片空白。

他以前從來沒有忘記過自己的名字。

「你的名字？」醫生又問一遍。

可是，不管男孩再怎麼努力想，就是想不起來。

「我不知道。」他急躁地說。

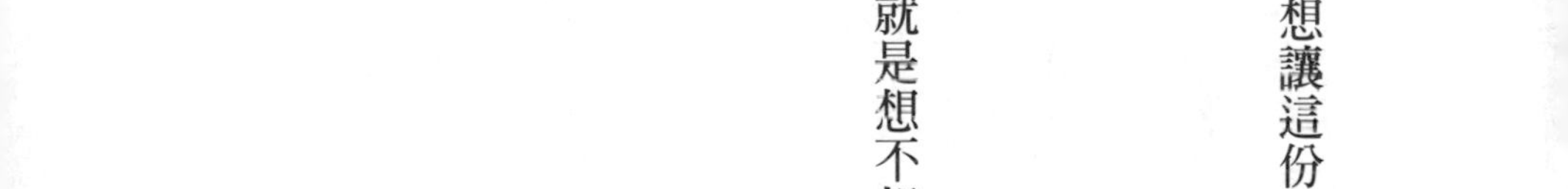

2 這裡還是那裡

醫生的表情一陣驚恐。「喔！天啊！」他說，「這表格還有一百九十二個問題要填，我們還卡在第一題。」

「對不起。」男孩回答。這時躺在醫院推床上的他，眼淚撲簌簌地從臉頰上滾下來。他覺得自己很失敗，連名字都記不起來。

「喔！不！你哭了！」醫生說。「請不要哭！院長要是經過的話，會以爲是我把你弄哭了！」

男孩努力想止住哭泣，拉普醫生則拚命在自己口袋裡搜尋紙巾，但卻一張也找不著，他只好拿手上的表格去抹男孩的眼睛。

「喔！不！這下子表格溼掉了！」他大叫。接著他開始對著表格吹氣，想把它吹乾。這舉動讓男孩笑了起來。「喔！非常好！」他說，「你笑了！好，來，我有把握我們可以想起你的名字，是**A**開頭的字嗎？」

男孩非常確定不是，「我覺得不是。」

「**B**嗎？」

男孩搖搖頭。

「**C**？」

他又搖頭。

「這樣可能要花些時間。」醫生低聲發牢騷。

「**T！**」男孩叫了起來。

「你想要喝茶嗎？」

「不是啦！我的名字，我名字的開頭是**T**！」

醫生笑著在表格最上方寫下第一個字母。「那我來猜猜看，是**提姆**？**泰德**？**泰瑞**？**東尼**？**提奧**？**泰吉**？不，你看起來不像**泰吉**……我知道了！**緹娜**？」

經過這些名字的疲勞轟炸，男孩的腦袋更糊塗了，這讓他更想不起來。不過，最後終於有一個名字浮現在他的腦海。

「湯姆！」湯姆說。

「湯姆！」醫生大叫，彷彿這個名字是他想起來似的，他趕緊寫下這兩個字。「所以要怎麼叫你呢？**湯瑪士？湯米？大湯姆？小湯姆？拇指湯姆？」**

「湯姆。」湯姆疲倦地回答。他不是已經說他的名字就叫湯姆了嗎？

「那你姓什麼？」

「是**C**開頭的字。」男孩說。

「嗯，至少有第一個字母了，好像在玩拼字遊戲！」

「查普！」

「湯姆．查普！」醫生說完趕緊把它填入表格。「第一個問題完成了，還有一百九十一個問題要填。好，再來，今天是誰把你送進醫院的？你爸爸或是媽媽在這兒嗎？」

「沒有。」湯姆回答，這一點他很確定。他們絕對不會在這裡的，他們總是不在。這麼多年以來，他們就是這樣把他們的獨生子完全交給遠在英國郊區

的貴族寄宿學校：**聖威利男子寄宿學校**。

湯姆的爸爸在遙遠的沙漠國家工作，鑽油井賺了很多錢；而他的媽媽則很會花錢。湯姆只有在放假的時候才能看到他們，而且每次都在不同的國家。就算湯姆自己一人花了好幾個小時的旅程才見到他們，他爸爸還是經常整天都在工作，他媽媽也還是一樣把他交給褓姆，然後自己去逛街買更多的鞋子和包包。他只會在到達的那一刻收到很多昂貴禮物，像是新的火車玩具組、模型飛機、或是騎士盔甲。但就是沒有人和湯姆一起玩，他很快就感到無聊。其實他最想要的就是可以和爸爸媽媽在一起，但是時間是他們從來沒辦法給的東西。

「沒有，我爸爸媽媽都在國外，」湯姆回答。「我不知道今天是誰把我送來醫院的，有可能是老師。」

「喔！」拉普醫生興奮得叫著，「會不會是你球隊的老師？有一個戴著草帽、穿著白色長夾克，一副板球裁判樣子的人在候診區。我就覺得奇怪，我們候診區怎麼可能會有板球比賽呢？」

「對，那一定就是我的球隊老師，卡西先生。」

拉普醫生的眼睛往表格下方瞄了一下，然後不知所措地說，「喔！天啊！這裡只有『父母』、『監護人』、『朋友』或『其他』可以選，我該怎麼辦？」

「選『其他』。」男孩採取主導的姿態教他填寫。

「謝謝！」醫生說，他似乎鬆了一口氣，「非常非常感謝你。再來，你這是什麼樣的傷？」

「頭上腫了個包。」

「是這樣沒錯，對！」拉普醫生一邊說一

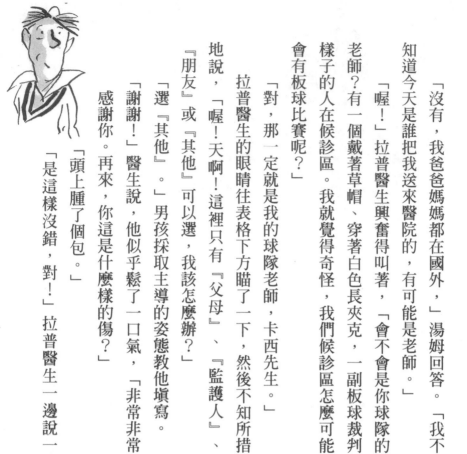

邊塡寫表格，「再來下一個問題，你對**范爺醫院**整體外觀的印象如何？『低於預期』、『符合預期』、『高於預期』、『超乎預期非常多』。」

「你一開始說的是什麼？」湯姆的頭痛到讓他無法正常思考。

「喔，低於預期。」

「你問的是什麼？」

「醫院整體外觀的印象。」

「我到目前爲止只看到醫院的天花板。」男孩嘆了一口氣。

「那你對天花板的整體印象如何？」

「還好。」

「那我就勾『符合預期』。下一題，你對於你今天在醫院裡受到的照顧感覺如何？『不好』、『還好』、『好』、『非常好』，或是『太好了』？」

「還不錯啦。」湯姆回答。

「嗯，對不起，沒有『還不錯』這個選項。」

「那就是『好』吧？」

「沒有『非常好』嗎？」拉普醫生的語氣裡充滿暗示，「這

是我開始工作的第一個禮拜，如果你能說『非常好』那我會很高興的。」

湯姆嘆了一口氣，「那就填『太好了』吧。」

「喔！謝謝你！」醫生眉飛色舞地回答，「還沒有人得過『太好了』！只不過我怕如果填『太好了』反而不好，我可以只填『非常好』嗎？」

「好吧，你愛怎麼填就怎麼填。」

「那我就選『非常好』，非常感謝你！院長昆丁．史崔勒看了會很滿意的。下一個問題。我們現在愈填愈快了。你會向你的親戚朋友推薦**范爺醫院**嗎？『不會、』『可能會』、『會』、『真心推薦』。」

突然間，密絲護士扯開布簾衝進來，「醫生，現在沒時間回答你這些蠢問題！」

只見醫生用手護著他的臉，似乎怕被打，「別打我！」

「你這傻孩子！好像我真的會打你！」護士說著用她那粗大的手摑他一記耳光。

「唉唷！」拉普醫生大叫，**「好痛！」**

「好啦，傷到的話至少你來對地方了！哈哈！」這女人自顧自地大笑，接著再擠出個微笑，「我現在需要這個地方！有個賣報紙的現在被救護車緊急送過來，這個人用釘書機把自己的手指釘起來了，眞是笨到家！」

「**喔！不！**」醫生回應，「我怕看到血！」

「在我回來之前，把這男孩移開，要不然就等著我搧你另一邊耳光。」說完，密絲護士把布簾拽上，往長廊踱步離去。

「好吧，」拉普醫生又說，「我盡可能加快速度。」他講話的速度開始變快，「腫得很厲害，爲了安全起見，你得在這裡待幾個晚上。希望你別介意。」

湯姆一點也不介意待在醫院，只要可以不上那可怕的學校。那是一所非常貴的學校，大部份在那裡唸書的孩子都超級貴氣。湯姆的父母有錢是因爲他爸爸在海外的工作薪水非常優渥，但他們家一點也不貴氣。學校許多男孩都很勢利眼，根本瞧不起湯姆。

「我現在立刻就把你送到兒童病房，那裡舒適寧靜，你可以睡得很好。搬運工？」

看到那長相可怕的人一跛一跛地走過來，湯姆嚇得一動也不敢動。

「拉普醫生，你叫我？」他口齒含糊地說。

「帶……嗯……抱歉，不好意思……你叫什麼名字？」

「湯姆！」湯姆回答。

「把湯姆送到兒童病房。」

3 碰

搬運工把湯姆的推床推進醫院的電梯。這個長相怪異的人一邊輕輕哼著曲調，一邊按下直達頂樓的按鈕。湯姆實在不願意跟他單獨在一起，倒也不是因爲他做了什麼可怕的事，而是因爲他長得實在太可怕了。

這男孩還從來沒見過有誰長得這樣醜得嚇人。好吧，就算在他讀的那所貴族寄宿學校裡，有些被取了難聽外號的老師也長得很抱歉，但就是沒人長得像他這麼可怕的。

那些老師有：

潛水鏡太太

兔子太太

警笛小姐

章魚醫生

圓頂禿

梳一邊教授

小丑鞋先生

毛矮人

恐龍

死松鼠頭先生

叮！電梯門關上。

一 搬運工

搬運工對湯姆微笑，湯姆趕緊把頭別過去。他無法忍受看著那個人，那個人笑起來感覺更詭異，露出的那排凌亂蛀光的牙齒，看起來就好像要把他啃咬入腹一般。湯姆看到那個人的名牌，不像那些他見過的護士醫生，這個名牌上面沒有名字，只有他的工作名稱。

就在電梯慢慢地往上升的時候，湯姆在腦中逐漸拼湊出一切事情的經過。

那是炎炎夏日的一天，他在學校球場打板球。男孩微微抬起頭往下看，身上還穿著白色球衣。

雖然他的學校總是以板球和橄欖球的優秀表現自豪，湯姆卻對運動一點也不在行。學校集會時，會由校長頒發各種獎盃、獎牌來嘉許運動表現優異的學生。像湯姆這樣喜歡藏在學校圖書館角落，埋首塵封舊書的學生，很容易覺得自己什麼也不是。

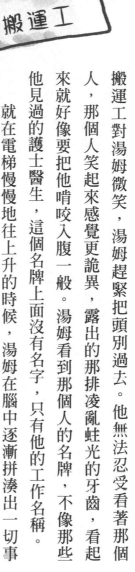

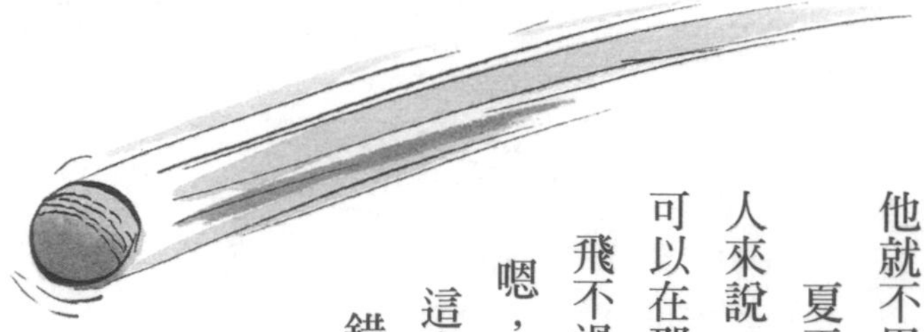

湯姆在學校過得很悲慘，他不想要這種日子，**希望在那裡的日子可以過得快一點**。雖然他才十二歲，但他希望可以跳過童年，馬上變成大人，這樣他就不用再上學了。

夏天時分，學校有板球活動。湯姆很快發現，對於一個不喜歡球類運動的人來說，最好的位置就是……守備。他總是讓自己站在球場最遠的地方，遠到可以在那裡盡情地做他最喜歡的事——做白日夢，遠到那顆沉重的紅板球根本飛不過來。

嗯，這只是湯姆的想法。

這次他錯了。

錯到家了。

隨著電梯樓層的數字不斷地往上攀升，湯姆記憶中的最後一件事情浮現腦中。

一顆沉甸甸的紅板球高速朝他飛過來。

碰！

接著眼前全黑。

叮！

「你的樓層到了，小先生！頂樓！**范爺醫院**的兒童病房！」搬運工含糊地說。

電梯門一打開，推床就推了出來。搬運工把湯姆推過一道長廊，接著兩扇門碰地打開。

砰！

門後方就是兒童病房。

「歡迎來到你的新家。」搬運工說。

4 兒童病房

湯姆抬起他腫脹的頭，看一眼那所謂的新家，**范爺醫院**的兒童病房。病房裡還有其他四個孩子，他們在病床上或躺或坐，全都很安靜，沒有特別注意這新來的孩子。這裡死氣沉沉的，倒像是個老人院，一點也沒有兒童病房的樣子。

離他最近的那張床上躺著一個胖男孩，他身上穿著點點圖案的舊睡衣，那睡衣對他來

說顯然太小了。他正翻閱著一本直升機圖畫書，書頁角邊都捲起來了，還一邊偷吃著藏在床單底下的巧克力。在他床位上方有個黑板，上頭用粉筆寫著**喬治**這個名字。

在他隔壁的是一個瘦小的男孩，頂著一頭梳理整齊的黃褐色頭髮。他的眼睛一定是動了手術，因爲全都被繃帶包起來了。包得很緊實，事實上，是緊到根本不可能看到任何東西。他旁邊的桌上高高堆著一疊古典音樂CD和一台CD播放器。這孩子身上的睡衣比喬治身上穿的合身多了，而且穿得整整齊齊，連最上面的那顆釦子都扣了起來。在他床位上方，用粉筆寫著**羅賓**這個名字。

在他旁邊的是一個女孩，頂著一頭黑色短髮、戴著圓框眼鏡。令人吃驚的是，她的雙腳和雙手都上了石膏，四肢全被一套複雜的滑輪和絞車系統吊了起來，看起來就像是一個被繩子操控的戲偶。在她的黑板上寫的是**安柏**。

接著，在病房最遠的角落，離其他孩子最遠的地方，湯姆注意到一個可憐兮兮的身子。那是個女孩，不過很難看出到底幾歲，因爲她實在太虛弱了。她頭頂上只有幾撮稀疏的頭髮，在她床位上方，用粉筆寫著**莎莉**這個名字。

「小先生，跟大家打聲招呼吧！」搬運工催促他。

湯姆覺得很害羞，含糊地說聲「哈囉！」他說很快，想要這樣應付過去。

回應他的是一陣模模糊糊的「哈囉」，不過莎莉保持沉默。

「這裡，這肯定就是你的床位了。」搬運工說著就把推床推過去。很專業俐落地，把男孩從推床滾到病床上。

「這樣還舒服吧？」搬運工一邊說一邊拍拍枕頭。

湯姆沒有回答，其實一點也不舒服。他就像躺在水泥板上、用磚頭當枕頭，推床還比較舒服呢。湯姆要假裝沒聽到他說話是很蠢的一件事，因爲他就站在他旁邊，近到可以聞到他身上的味道。事實上，他覺得整個病房都可以聞到他的味道。這個人非常臭，應該有好一陣子沒洗澡了吧。他的衣服又破又舊，鞋子都裂開口了，褲子也沾滿厚重的汗漬。他看起來就像是個流浪漢。

「所以這就是那個世界上最糟糕的板球員？」有個聲音傳來。病房裡的孩子們聽到這聲音都繃緊神經、全身**發抖**起來。

在這個病房的最遠端，有一個高高瘦瘦的女士從她辦公室裡走出來。她是資深護士梅春，負責管理這個病房。她慢慢地、一步步地經過所有病床走向湯姆，那高跟鞋的聲音在地板上噠噠作響。

遠遠望過去，梅春看起來還蠻漂亮的。她金黃色的長髮用髮膠固定得整整齊齊，妝畫得容光煥發，牙齒雪白。然而，當她靠近湯姆的時候，湯姆發現她的笑容是假的，她的眼睛就像兩個黑水池，是通向陰暗之窗。在她經過孩子身邊時，那令人作嘔的甜膩香水味，簡直要把孩子們的喉嚨給燒起來了。

「你應該是要接球！而不是去撞球！」這女士說。「蠢，有夠蠢的孩子！**哈哈哈！**」除了她以外沒有其他人笑。這對湯姆來講當然也不好笑，他的頭還不斷地抽痛著。

「那板球撞出很大一個包啊，梅春女士。」搬運工扯著破裂的嗓音說，好像跟她講話讓他很緊張。「我想明天一早小先生應該先照個X光。」

「我不需要你指點我，謝謝！」梅春嗆他。就在這一瞬間，她的臉一點也不美麗，突然轉變成一張扭曲咆哮的臉。**「你只不過是個低階搬運工，最低階的低階。你根本不懂要怎麼照顧病人。所以從今以後，閉上你的嘴！」**

搬運工低下頭來，其他的孩子也緊張地你看我、我看你。顯然這女士把他們也嚇壞了。

梅春用手一揮，把搬運工推到一旁。他踉蹌了一下才把自己穩住。

「讓我看看你頭上腫的這個包，」她邊說邊看著這個男孩，「嗯，對，蠻嚴重的，你明天一早應該先照個X光。」

搬運工翻了個白眼朝湯姆看了一下，男孩還是沒有任何回應。

梅春正眼也沒多瞧搬運工一眼，就對他說，「搬運工，你走吧！免得把我的病房給熏臭了！」

搬運工嘆了一口氣，然後對病房裡的所有孩子點頭笑了一笑。

「快點！」這女人大吼，他只好拖著那萎縮的腿，一跛一跛地儘速離去。

湯姆開始想回學校了，兒童病房似乎是一個令人澈底**絕望**的地方。

5 粉紅滾邊睡衣男孩

梅春開始一場她的備稿演說，這是她一定會對所有新來的病人說的。

「現在，年輕人，這是**我的**病房，以下是**我的**規定。晚上八點整熄燈，熄燈之後不准講話，不准在被子底下看書，不准吃甜食。如果讓我在黑暗中聽到糖果紙的聲音，我會當場沒收。沒錯，這包括你，喬治。」

胖男孩馬上停止咀嚼，把嘴巴閉得緊緊的，這樣梅春才不會發現他正在吃巧克力。

這女人接著用非常快的速度說話，一字一句就像在鞭打一樣。

「不准下床，半夜不准上廁所，便盆就是這時候用的。便盆就在你的床底下。在你頭旁邊的牆上有一個鈴，只有在非常緊急的情況才可以按鈴，你聽懂我的話了嗎？」

「聽懂了。」湯姆回答。這種感覺就像你根本沒有做錯任何事，就被斥責

一樣。

「好，你有沒有帶睡衣？」她問。

「沒有，」湯姆回答。「我在球場上被打到的時候，一定是被救護車緊急送過來的。我沒有時間打包任何東西，一進來的時候穿的就是這身板球衣，我不介意就穿著這身衣服睡覺。」

梅春驚恐得撇嘴，「**令人厭惡的孩子**！你竟然跟那搬運工一樣，編出一個這麼噁心的理由。他那麼臭就是因爲他穿著那一身衣服睡覺，**哈**！**哈**！你可以打電話給你的父母，請他們幫你帶些睡衣來嗎？」

湯姆悲傷地搖搖頭。

「爲什麼不行？」

「我的父母都住在國外。」

「哪裡？」

男孩猶豫了好一陣子才回答，「我也不確定。」

「你不確定？」梅春的聲音大到每個人都聽得到，好像是故意要讓病房裡所有的孩子都來看熱鬧，欣賞這新來的男孩被她羞辱。

「我爸爸的工作需要經常換地方，我知道他一定是在沙漠的某一處。」

「好吧，至少範圍縮小了一些！」她語帶諷刺地吼著。「連自己的父母住在哪個國家都不知道！很好，你很適合住在這裡。這病房裡的孩子的父母從來不曾來探望過他們，不是爲了這個理由，就是爲了那個理由。安柏的父母太窮付不起交通費，羅賓的父母病得太重了，莎莉的父母住太遠。不過，喬治的理由最好。喬治，你要不要自己解釋一下，爲什麼你的父母從來沒有來看過你？」

「賣安捏，」這男孩操著一口土腔，這讓湯姆有些意外，因爲在他的寄宿學校裡沒人講話像喬治一樣。這可憐的男孩看起來很尷尬，「不要……」

「喬治的爸爸被關在監獄裡！竟然還是搶劫！所以說啊，如果這病房裡有什麼東西搞丟了，我就知道該找誰了！有其父必有其子嘛！**哈哈！**」

「我不是賊！」喬治大喊。

「孩子，不用這麼敏感，我只不過是開了個小玩笑！」

「哼，一點也不好笑！」他回答。

「哦！」她接著用嘲笑的語氣說，「你踩到我的雷了！湯姆，現在我有辦法了，我可以在失物箱裡找找有沒有你可以穿的睡衣。」

梅春眼睛一閃，就轉身回到她的辦公室裡。不久，她又出現了，雙手背在背後、臉上掛著可疑的笑容。

「我要非常抱歉地說，湯姆，我沒找到適合你的睡衣！」她說，「所以你只能穿這個！」

梅春從她背後拿出一件粉紅色滾邊睡衣，她臉上那副**得意**的笑容變得更加**難以克制**了。

湯姆恐懼得看著那件粉紅色滾邊睡衣。如果讓學校其他男孩看到他穿這件睡衣的話，那他就不用活了。因爲這樣一來，他會永遠被叫成**粉紅滾邊睡衣男孩**。

「拜託就讓我穿著板球球衣睡吧，梅春。」湯姆哀求著。

「我說**不行**！」梅春怒斥。

「我有一件可以借他。」喬治說。

「別開這種荒謬的玩笑了，孩子！」她立刻回話。「看看你的尺寸！天啊！那會太大的！你的睡衣就是給大象穿也太大了呀！**哈哈哈！**」

再一次地，除了梅春以外沒有人在笑。

「現在馬上就穿上，否則我就要去跟史崔勒院長報告。他會覺得你眞是個不乖的孩子，他有可能會讓人把你丟到大街上去！」這女士說完就把圍在男孩床邊的布簾拉上。她就待在外面，讓湯姆自己把衣服脫掉，再穿上那件睡衣。

「快一點！」梅春命令。

「我就快好了！」湯姆一邊說一邊把那件衣服往頭上套。「好了！」其實他覺得一點也不好。

梅春把布簾倏地拉開，湯姆就現身了。

一個**粉紅滾邊睡衣男孩**正穿著粉紅色滾邊睡衣站在那裡。

「其實，還蠻合身的耶！」喬治說。
「我眞希望我看得見。」羅賓喃喃自語。
「不，最好不要！」安柏回答。

6 圖謀不軌

這些年來，湯姆在學校發生了好些丟臉的事。

像是……

在做體操的時候褲底破了……

在上陶藝課的時候，轉盤上的陶土飛走了，正好打在陶藝老師的臉上，把她打得頭昏腦脹……

在圖書館彎腰撿書的時候，放了一個響屁……

上完廁所走出衛生間的時候，褲頭還夾著一卷捲筒衛生紙垂在後頭……

在學校餐廳的時候，他被小石頭絆倒了，正好倒栽蔥跌到牛奶凍裡……

上音樂課的時候，他把小提琴拿反了，還納悶爲什麼發不出聲音，這才發現琴弦在背面……

一些高年級的男孩把他的橄欖球球衣藏起來了，他只好穿著襯褲打橄欖球……

他在音樂劇《貓》裡頭飾演貓，必須穿上有尾巴的連身緊身衣，在劇中又唱又跳……

粉筆灰讓他過敏狂打噴嚏，他的噴嚏正好打在校長的臉上，噴了他一臉鼻涕……

他的數學老師問他2加2等於多少，他認爲這是陷阱題，所以他回答5……

而現在他又在這裡，在醫院病房的中央，穿著粉紅色滾邊睡衣。「眞合身啊！」梅春笑著說。再一次地，只有她笑而已。接著，她看看別在她身上的錶。「八點零一分，已經超過你們就寢的時間了！現在，孩子們，

熄燈！」

梅春開始往她在病房另一端的辦公室走。

就好像在玩一二三木頭人一樣，她每走幾步就突然回頭看看有沒有誰在動。一次又一次地，梅春最後一次轉頭時，還環顧所有孩子之後才關燈。

喀擦！

病房陷入一片漆黑，湯姆討厭黑暗。還好，距離醫院不遠處倫敦議會大廈大鐘的亮光照耀著城市的屋頂，也照進病房來。人們稱這座鐘爲大笨鐘，這座

鐘每小時報時一次。

噹！這座鐘面的亮光，透過醫院大窗照射進來，顯得很詭異。

梅春的辦公室裡也有一個小桌燈，她就坐在一片玻璃後面，盯著這一片漆黑。她環顧兒童病房裡的所有床位，掌握所有動靜。

一片寂靜。

就在這片寂靜中，湯姆聽到一個聲音。那是打開鐵罐的聲音，接著是紙張摩擦的窸窣聲，但那並不是普通的紙，而是包糖果的錫箔紙，接著湯姆聽到咀嚼聲。

湯姆從午餐開始就沒有吃什麼東西。他很少吃午餐，因爲學校的午餐實在太難吃。今天的午餐是肝煮紅菜頭、大黃燉菜。躺在醫院病床上的湯姆，感覺到肚子咕嚕咕嚕叫。他又聽到打開糖果紙的聲音，一個接著一個，他實在忍不住了，只好在黑暗中低聲問道，「拜託可以給我一個嗎？」

「噓！」湯姆非常確定這聲音是從喬治床上傳來的。

「拜託？」湯姆低聲說。「我已經好久沒吃東西了。」

「噓！」又有聲音傳來。「再大聲一點，你就會讓我們惹上麻煩的。」

「我只要一個就好！」湯姆說。

他說話的聲音一定是太大了，因爲就在這個時候……

喀嚓！

……兒童病房的燈被打開了。

湯姆被亮晃晃的燈光刺得眨眨眼，看到梅春從她辦公室裡衝出來。

「熄燈之後不准講話！」她大吼。**「到底是誰在講話？」**

所有的孩子都沉默不語。

「你們一定得告訴我到底是誰在講話，否則你們就倒大楣了！」

接著她掃視病房，看看有誰頂不住這樣的壓力。她看到喬治的時候，發現他一副做錯事的樣子。

「是你嗎？喬治。」她質問。

喬治搖搖頭。

「小子，開口說話！」

即使是遠在房間的另一邊，湯姆也看得出喬治的嘴塞得滿滿滿。

喬治想開口，但他嘴巴裡的巧克力實在太多了，多到一個字也說不出口。

「嗯，嗯，嗯。」他悶悶地說。

「你嘴巴裡有什麼？」

喬治搖搖頭想開口說「沒有。」但說出來的還是「嗯，嗯，嗯。」

梅春像鱷魚逼近獵物一樣走向他的床位。「喬治！手術過後你應該好好控制飲食才對。竟然又狂吃巧克力，是吧？」

喬治搖搖頭。

她用力掀開他的床單，一大罐巧克力露了出來。這罐子超大，就是聖誕節

會收到的那種家庭包禮物罐，容量之大到可以吃到下一個聖誕節。

「你這隻貪吃的豬！」梅春說，「沒收起來！」說完，就立刻把這個罐子從他手裡搶過去，接著又從旁邊的面紙盒抽出一張面紙，「現在把你嘴裡的都吐出來。」

這男孩心不甘情不願地照做。

「這是誰給你的？」她質問。「我知道不可能是你爸爸，監獄是不允許吃巧克力的！」

湯姆看得出喬治很生氣，但他強忍住。

「是這附近的書報攤老闆，」喬治回答。「我是他最喜歡的顧客。」

「我想也是，看看你的身材就知道！」

「妳知、知道的啦！他知道我最喜歡巧克力了。」

「這個笨蛋的名字叫什麼？」

「拉吉。」喬治回答。

「拉吉什麼？」

「拉吉，書報攤老闆。」

「我是問你他姓什麼？你這個蠢孩子！」

「阿災。」

「沒關係，我會把他找出來，讓我找到的話，我就要讓他關門大吉。你手術之後，是不准吃巧克力的，喬治。」

「對不起，梅春。」

「對不起沒有用！我會把你不遵守醫囑的行爲告訴醫院院長昆丁．史崔勒先生！」

「好吧，梅春。」男孩難過得回答。

「明天早上我會再繼續跟你算帳！現在上床睡覺！全部！」

梅春再次走回辦公室，就像玩一二三木頭人一樣，她又一次次地回頭，確定孩子們都像雕像一樣一動也不動。

喀擦！

電燈又關掉了，梅春就坐在辦公室裡。

過了一會兒，這女士做了非常不可思議的事，她打開罐子開始狂嗑巧克力。

梅春似乎最喜歡吃紫色包裝的大顆巧克力，她非常有節奏地吃著，一顆才剛塞進嘴巴，另外一顆就已經打開等著了。時間一分一秒過去，她愈吃愈多愈想睡。還不到九點，她的眼皮就已經眨啊眨得快闔起來了。她還是不斷地吃啊吃。或許，她是希望讓巧克力裡頭的糖份讓她保持清醒。奇怪的是，反而產生了反效果。還不到十點，她的眼皮就闔起來好幾次，每次都閉上好幾秒。她還是持續吃啊吃。還不到十一點，她就用手拚命撐著頭，但她的頭卻愈來愈重。狂吃的速度慢下來了，接著融化的巧克力從她嘴角滴出來，最後她的頭撞到桌上……

碰！

即使隔著玻璃，還是可以聽到梅春打呼的聲音。

「ZZZzz，ZZZzz，ZZZzz，

「ZZZZZ……」

病房裡的孩子們沉默了好一陣子，然後黑暗中有人低聲說，「喬治，幹得好。」

「我就說這個計畫行得通！」他小聲地回應。喬治的土腔很容易被聽出來。

「什麼計畫？」湯姆問。

「**噓**！」來自另外一個聲音。

「趕快上床睡覺吧！新來的，別多管閒事，」女孩的聲音說。「現在，大家準備好，我們午夜出發。」

湯姆當然睡不著，尤其是他現在知道這些孩子圖謀不軌。**到底在午夜會發生什麼事？**

7 午夜時分

大笨鐘鐘面散發出的光芒從湯姆床位後頭的那扇大窗穿透進來，突然間湯姆發現有黑影閃過兒童病房，有人在暗夜中移動。

湯姆嚇得倒抽一口氣，「**啊！**」

這時，有隻手把他的嘴摀住，讓他發不出聲音。

這讓湯姆更害怕了。

「**噓！**」有人發出聲音。「別出聲，我不想吵醒梅春。」

這隻手軟軟胖胖的、還有巧克力的氣味，此時湯姆的眼睛已經適應了黑暗，他發現果然是喬治。

湯姆的視線往梅春的辦公室望去，這位女士正坐在椅子上睡大覺，頭還靠在桌上打呼。

「ZZZzz，ZZZzz，ZZZzz，

「ZZZZZ……」

「別出聲！」喬治又說一次。

湯姆跟他點點頭，他這才把手慢慢移開。

接著湯姆轉頭往窗外的大鐘望去，這一望還瞥見倫敦許多房屋的屋頂。此時就快要午夜了。

很快地，他發現不只喬治下床了，羅賓也在那裡，他還用輪椅推著安柏。那輪椅既老舊又生鏽，一個輪胎還沒氣。因爲羅賓眼睛包著繃帶，什麼也看不見，安柏纏著繃帶的腿就這樣直直地被推去撞牆。

「**唉唷！**」她大叫。

「**噓！**」羅賓和喬治一起說。

「**噓！**」湯姆發現自己也跟著說。

「讓我來！」喬治說著，一邊把羅賓引導到一旁，然後接手推安柏。羅賓把手搭到喬治的肩上，這三人就好像跳著可笑的康加舞，踩著凌亂的腳步要走出病房。

「你們要去哪裡？」湯姆問。

「**噓！**」這三個孩子一起回答。

「拜託你們不要一直噓我好嗎？」湯姆抗議。

「新來的，上床睡覺！」安柏噓他。

「可是……」湯姆抗議。

「你不是我們一夥的！」喬治接著說。

「可是我很想跟你們一夥。」湯姆乞求。

「唉，朋友，你不行！」喬治回答。

「但這不公平！」湯姆抱怨。

「親愛的，請你小聲一點！」羅賓怒斥。

「**對，安靜！**」安柏說。

「我很安靜啊！」湯姆回答。

「你並沒有安靜！你在講話，那就不是安靜！我們大家都要安靜！」安柏說。

「那妳也要安靜！」湯姆說。

「喔！我的老天爺啊！可以拜託你們都安靜嗎？」羅賓這次說得有點大聲。

所有孩子都往病房彼端梅春的辦公室看去，那聲音讓梅春動了一下，但她並沒有醒過來。大家不約而同地都鬆了一口氣。

「這老母牛一時半會兒還不會醒過來的，」喬治說。「我在每顆巧克力裡都塞了拉普醫生開給我的強效安眠藥。」

「眞有你的，虧你還能記得她最喜歡紫色包裝的巧克力。」安柏說。

「沒必要把整罐巧克力都糟蹋了，不是

嗎？」喬治一邊回答還一邊得意地笑著。

「你們這些詭計多端的小鬼！」湯姆說。

「哪裡，謝謝！」羅賓一邊回答還一邊鞠躬，就好像在向掌聲致謝一般。

「現在，新來的，」安柏說，「立刻上床睡覺去。而且，記住，你什麼都沒看到！我們走吧！」

就這樣，這三人組穿過那扇對開的門的時候，大笨鐘正好響起來了。

噹！噹！噹！噹！噹！噹！噹！噹！

噹！噹！噹！噹！

湯姆邊聽邊數，十二下，已經午夜了。

男孩坐在床上，現在兒童病房裡只有他和莎莉了。他朝她的床位望去，她還熟睡著，湯姆幾小時前來到這病房時，她就在睡了。

儘管頭上腫了個包，湯姆根本靜不下來。他不想錯過好玩的事。就這樣，他決定跟上他們，跨出去邁向未知世界。湯姆覺得自己像極了偵探，不過這種感覺並沒有維持很久。就在他下床的時候，他的左腳正好踩進地上的便盆。

匡啷！匡啷！匡啷！

8 承諾

匡啷！匡啷！匡啷！

湯姆的腳沒有辦法從便盆裡抽出來，他無助地想大喊，但他知道這只會讓事情變得更糟。他是絕對不想吵醒梅春的，她現在還在辦公室裡打呼。男孩往病房最遠的角落，莎莉的床位望去，她還躺在床上，大笨鐘的亮光正好照在她的禿頭上，湯姆也不想吵醒她。

他心想，**至少這個便盆還沒裝東西**。

湯姆以最快的速度彎下腰，把他的腳從便盆裡弄出來。然後，躡手躡腳地走出兒童病房。麻煩的是，他赤腳走在光滑地板上所發出的聲音。

吧唧 吧唧 吧唧 吧唧

就在他手指碰到病房大門、即將要自由時，有個聲音讓湯姆嚇了一大跳。

「喂，新來的，你要去哪？」

男孩轉頭，原來是莎莉。

「沒有啊。」他撒謊。

「不可能，你一定是要去某個地方。」

「拜託再繼續睡吧，」湯姆求她。「妳會吵醒梅春的。」

「喔不會啦，他們每晚都這樣，那討厭的女人幾小時之內是不會醒過來的。」

「我真的覺得妳應該再多休息一會。」

「無聊！」

「不無聊，」湯姆回答。「現在趕快，再回去睡覺。」

「不要。」

「妳說『不要』是什麼意思？」

「就是『不要』的意思，拜託，湯姆，讓我跟你一起去。」

「不行。」

「你說『不行』是什麼意思？」

「就是『不行』的意思。」

「爲什麼？」女孩抗議。

湯姆不想讓莎莉跟，是因爲她看起來非常虛弱。他擔心她會拖累自己，而他又不想這麼說，怕會傷害到她，所以就說了一些有的沒的。

「是這樣的，莎莉，我只是想趕快追上他們，叫他們回來睡覺。」

「騙子。」

「我才不是！」他說得有點太刻意了，感覺更像在說謊。

「你騙人！騙子，騙子，火燒褲子！」

湯姆搖搖頭，又搖得有點太用力了。

「我知道，你一定是在想我會跟不上。」莎莉說。

「沒有！」

「就有！得了吧，你乾脆就承認！我又不笨！」

豈止不笨，湯姆心想，**這女孩根本就很聰明，超級聰明。**湯姆的寄宿學校裡沒有女孩，所以他幾乎沒有遇過任何女孩子。他根本沒有想到女孩子可以這麼聰明，他立刻感到有種威脅感，他很不喜歡這種感覺。

「不，不是那樣的，眞的。」他看著她說謊回應時，突然好奇地問，「莎莉，我可以問妳一個問題嗎？」

「你問。」

「妳爲什麼沒有頭髮？」

「我決定把頭髮都剃光，這樣看起來才像一顆白煮蛋。」莎莉飛快地回答。

湯姆咯咯地笑了起來。這女孩儘管有些東西沒有了，但幽默感絕對還在。

「是生病的關係嗎？」

「是，也不是。」

「我不懂。」

「其實是治療造成的。」

「治療?!」湯姆難以置信，如果是治療所造成的話，那到底生的是什麼病呢？「那妳會好起來吧？」

女孩聳聳肩，「我不知道。」然後她快速改變話題，「你被板球打到頭，覺得好得起來嗎?!」

湯姆咯咯笑起來，「我希望不要，如果好起來的話，我就得回去上學了。」

「我倒希望我能回學校。」

「什麼?!」這男孩還從沒聽過有小孩會說這種話。

「我已經在這裡待了好幾個月，我想念學校，就算老師很恐怖也沒關係。」

即使湯姆和莎莉才剛認識，他感覺就好像在跟老朋友講話。不過他知道如果想追上其他人的話，他得趕快離開了。「我得走了。」

「你是絕對不肯帶上我吧?」

湯姆看著莎莉，她看起來虛弱得下不了床，更別說要去冒險了。要拋下她讓湯姆覺得很內疚，但他別無選擇。

「下次吧。」湯姆說謊。

莎莉笑了笑，「唉，湯姆，我了解。其他人也從來沒有邀請過我，你去吧！但我要你承諾我一件事。」

「什麼事？」他問。

「我要你回來的時候，把你們夜晚所有的冒險都說給我聽。」

「我會的。」他說。

「一定？」

「一言爲定。」湯姆說這話的時候，看著莎莉的眼睛。他眞的不想讓他的新朋友失望。

接著湯姆把那扇厚重的門推開，光線從走廊照進來。就在他快消失於眼前時，莎莉說，「希望那是一場超級大冒險。」

他對女孩微笑，然後推開門，消失於光中。

9 B代表地下室

走向兒童病房外面明亮的走廊時，湯姆才突然意識到他根本不知道要往哪兒走。他的新朋友莎莉耽誤了他一點時間，那些孩子這會兒都已經不知去向了。

更糟的是，**范爺醫院**入夜之後是一個陰森森的地方，遠處的任何聲響都會在漫漫長廊中相互呼應。這是一棟四十四層樓的高大建築，裡面有各式各樣的病房和手術室，從接生嬰兒的產房到人死後送去的太平間都有。這醫院住著數百個病人，還有幾乎一樣多的員工。午夜時分，當所有的病人都已經沉沉入睡時，還有一些值夜班的人員，像是清潔工、保全人員，他們會在走廊上走動。如果湯姆被發現擅自離床，那他就要倒大楣了。而且，他還穿著粉紅色滾邊睡衣呢！如果被人瞧見，可有得他解釋了。

湯姆看著牆上的指標，根本幫不上忙，那上頭的字都掉得差不多了。

入口&出口變成**口　口**。

急診室現在成了**言室**。

服務台只剩下**台**。

手術室變成**手　至**。

放射科變成了**方寸**，這誰看得懂。

行政管理部剩下**行　里**。

影片放映室現在是**影　映**。

兒童病房成了**丙方**，或許這名字更適合兒童病房。

復健科變成**建斗**。

物理治療科如今成了**理　科**。

X光檢查室只剩下**光　查**，如果有人的名字叫做光查，而你剛好又要找他，那你就會跟著那指標走。

湯姆發現在上頭有一個**雨　弟**的指標，他猜可能不遠處有**電梯**，於是他就跟著指標走。

走到電梯那裡時，他發現電梯門上面有個箭頭正快速地往下降，一直到代表地下室的「B」的時候才停止，他猜應該是那三個孩子正在使用中。

湯姆嚥了嚥口水，這時候的地下室一定很暗。湯姆很怕暗，更可怕的是，他想起有可能會撞見搬運工。湯姆心想如果有隻手搭在他肩膀，而他轉頭一看竟然是那可怕的人正盯著他，那該怎麼辦？

一時之間，他很想調頭回去，但又怕莎莉會以爲他是膽小鬼。就這樣猶豫了一會兒，他按下按鈕，緊張地等待電梯上來。

叮！

電梯開門了。

叮！

電梯關門了。

湯姆用那顫抖的手指按下代表地下室的「B」，電梯就開始往下降到黑暗的深淵。

一陣顫動之後，電梯停了。

叮！

電梯門一開，湯姆就走出來，步入黑暗之中。

他現在獨自一人在**范爺醫院**的地下室，光腳踩在溼冷的水泥地上。他頭頂的天花板吊著一長串日光燈，但大部分都不亮了，也就是說這裡一片漆黑。

叮！

湯姆嚇了一跳，那不過是電梯又關上門了。

前面走廊傳來水從管子滴下來的回音。

湯姆慢慢地往前走，走到盡頭之後，又有四條通道，兩條往左、兩條往右，這底下簡直就像迷宮一樣。他試圖想在地上找出輪椅走過的痕跡，不過光線實在太暗了，很難看得清楚，他只好蹲下來查看。就在這個時候，有隻東西輕擦過他的臉。

「啊啊啊啊啊！」他的尖叫聲在走廊迴盪。湯姆本來以爲是隻大老鼠，不過那東西卻一蹦一蹦地跳走了。看起來更像是一隻小鳥，如果眞是鳥的話，那牠在這底下做什麼呢？

根據地面上的污垢，湯姆發現有輪胎往右邊通道走的軌跡，他就跟過去了。

走幾步之後，他覺得地下室潮溼的空氣逐漸變得溫暖起來，接著眼前出現一個巨大的火爐，醫院的廢棄物就是在這邊燒掉的。在不遠處，湯姆又看到一個帶有輪子的籃子，裡頭放著許多髒衣物。在那籃子的上方，有個小艙口，就在這時候，有更多的床單從那裡直接掉進籃子裡。男孩明白了，這一定有個通往上方病房的滑道。

這裡每走幾步就有更多的門、更多的通道。湯姆跟著輪胎的軌跡彎蜒地在地下室行走。

這軌跡通到一個完全漆黑的走道。

這一區的電燈一定全都壞掉了，湯姆心裡想。

男孩猶豫著是不是要繼續往前走，他最怕黑了。不過，都走到這裡了才回頭，那就太蠢了。他可能就要找到那些孩子，就快要發現他們午夜冒險的祕密了。湯姆躡手躡腳地慢慢往前走，很快進入一片伸手不見五指的漆黑，現在他只能摸著潮溼的牆壁走……

匡啷！

……震耳欲聾的聲音從走廊的另一邊傳來，聽起來像是一扇厚重的金屬門被關上了。湯姆心想有誰會在那邊呢？難道是搬運工?!

湯姆一時之間被嚇呆了，一動也不動。他豎起耳朵一聽，再聽。但四下一片寂靜，一股最深層的恐懼向他襲來。他覺得自己就要喘不過氣、又像要墜入

無底深淵、或者就要溺斃了。

湯姆現在才明白，他獨闖地下室是個可怕的錯誤。他得趕快離開，馬上離開。他開始往回走，卻慌張得迷了路。他就這樣光腳在走廊上跑了起來，那粉紅色滾邊睡衣就跟著啪啦啪啦地作響。

湯姆就快喘不過氣來了，而且他被板球打到的頭還暈暈的，只好停下來休息。然後，他突然覺得有東西抓著他的肩膀，一回頭，發現竟然是一隻手。

「**啊啊啊啊啊！**」他大叫。

10 兔子大便俄羅斯輪盤

「你在這裡幹嘛？」這語氣還蠻生氣的，是喬治！而安柏和羅賓也和他在一起。湯姆一轉身，安柏和喬治立刻歇斯底里地笑癱了。

「哈哈哈！」

才一下子，他們兩個就已經笑到不行了。

「什麼事好笑成這樣？」羅賓問。「拜託告訴我！」

「對啊，什麼事情那麼好笑？」湯姆質問。他直覺，他們笑的就是他。

「就是你的粉紅色滾邊睡衣！**哈哈哈！**」安柏大笑。

「這不是我的！」湯姆反駁。

「喔！看來是蠻好笑的，」羅賓說，一邊說還一邊摸著眼睛上的繃帶，「喔，我是看不到啦，不過你們知道我的意思。」

「羅賓，如果你看得見的話，你會笑死的。」喬治接著說。

「所以那滾邊睡衣滾了多少層啊？」羅賓問。

「嗯……」安柏說，「很多層，就像結婚蛋糕一樣。」

羅賓腦海中一定有圖像了，因爲他開始咯咯笑了起來，「喔，我的天啊！哈哈！」

「閉嘴！你們三個！」湯姆生氣得大叫。

「對，男孩們，別再笑了！」安柏說，但其實笑得最大聲就是她。

「好，湯姆，」喬治開口，「我們要問你，你在這裡做什麼？」

「我在跟蹤你們，」湯姆回答。「你們在這裡做什麼？」

「我們才不說呢！」安柏回答，「現在回去睡覺，煩人的小笨蛋！」

「不，我才不要！」湯姆回答。

「回去睡覺！」喬治也跟著說。

「不要！」湯姆堅決得說，**「我不要！」**

「我眞想打你，如果我看得見你的話，」羅賓惱火了，「算你走運，小子！」

「讓我加入，要不然我就要去告狀！」湯姆說。

這三個人一時之間呆住了。

告狀這種事情在湯姆的寄宿學校是會被瞧不起的。儘管聖威利學校霸凌的風氣很嚴重，但跟老師告狀是絕對不被允許的，即使有人……

把蛋糕塞進你的鞋子裡……

把你的作業沖進馬桶裡……

把你的內褲埋到土裡……

把你塞進置物櫃裡……

把毛茸茸的蜘蛛放到你的床鋪底下……

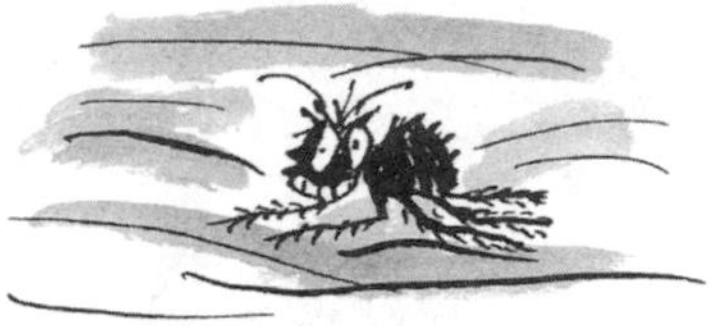

強迫你吃橄欖球員的臭襪子，
上面還撒上一些臭腳皮……

把你的鞋帶綁在樹上，讓你倒吊在那裡……

把黏膠塗在你的網球拍上，讓你的手跟網球拍永遠黏在一起……

睡覺的時候把你的鼻子塗成藍色……

把兔子大便跟你從福利社買來的巧克力豆混在一起，然後強迫你玩噁心的兔子大便俄羅斯轉盤遊戲，要你把那些東西全部吃光……

所以湯姆根本不喜歡告狀，即使被強迫也不會去告狀，不過現在他覺得自己別無選擇。

「你們最好讓我跟著，否則我現在會大吵大鬧，把整個醫院都吵醒！」湯姆說。

「我覺得在這裡沒有任何人會聽到你的聲音的。」羅賓說。

他說得沒錯。

「好吧！那我就搭電梯到一樓，在那裡大吵大鬧，用不著幾分鐘就會把整個醫院都吵醒。」

這樣的說法也沒增加多少說服力，但竟然產生效果，這三個人開始說話。

「你不能來，因爲我們要去的地方是最高機密。」安柏說。

「有什麼祕密？」湯姆問。

「我們有一個祕密組織。」羅賓說。

「不管你們說什麼，就是不要告訴他，我們這組織叫做午夜幫！」喬治說。

「午夜幫！」湯姆大叫。

11 可惡！可惡！超級可惡！

「你說『不要告訴他，我們這組織叫做午夜幫！』是什麼意思！」安柏質問。

女孩翻了個白眼，羅賓嘆了一口氣。

「好酷的名字！我喜歡！拜託讓我加入。」湯姆說。

「不行！」喬治說，「就是不行！」

「那麼告訴我爲什麼不行？」湯姆抗議。他急切得想加入午夜幫，即使他根本不知道午夜幫是幹什麼的，因爲那是個祕密。有什麼比加入一個祕密組織更刺激的呢？這個祕密組織在做什麼根本無所謂，重要的是那是個祕密。而且不是普通的祕密，是最高機密！

接著一陣沉默，因爲他們三個都被湯姆的問題給問倒了。

「因爲這是一個祕密組織，」安柏終於回答，「而且已經行之有年了。」
「這我已經知道了，」湯姆說。「就你們三個，這組織叫做午夜幫！」
「可惡！可惡！超級可惡！可惡加三級！」羅賓說。
「被他猜到了！」喬治說。
湯姆得意地笑一笑。
「沒有，他並沒有，」安柏說。「才不只那樣，這組織的歷史跟這家醫院一樣悠久。」
「什麼意思？」湯姆問。
「這組織成立於五十年以前，又或許更久。」女孩回答。
「誰成立的？」湯姆問。
「不告訴你！」安柏說。
「眞掃興！」湯姆回答。
「不告訴你是因爲她自己也不知道。」喬治說。
「喬治，眞是多謝你了！」安柏沒好氣地說。
「哪裡，不客氣。」喬治回答，他還眞沒聽出來她是在說反話。

「沒人知道是誰成立了午夜幫，」羅賓說，「只知道是住在醫院裡的一個小孩，然後從那時候開始就被住院的病人傳承下來。」

「所以爲什麼我不能加入？」湯姆說。

「因爲不是任何人都可以加入的，」安柏說。「午夜幫能維持到現在，就因爲這是個祕密。如果有人告狀的話，就會把這一切都毀了。我們還不知道可不可以信任你。」

「可以的！我發誓！」湯姆乞求。

「好吧，湯姆！你聽著！」安

柏嘆了一口氣，「你可以跟著我們，但只有今天晚上。這並不代表你是午夜幫的成員，我們會觀察你。今晚是你的試用期，如果通過了才可以加入。你聽懂了嗎？」

「懂了，」湯姆回答。「我聽懂了，好，走吧，午夜幫！**我們一起冒險去，跟我來！**」

說完，他就往走廊一端繼續前進。

其他三人都還留在原地，搖搖頭。

「喂，不好意思喔。」羅賓說。

「什麼？」湯姆一邊回答一邊轉頭。

「你不知道要往哪走吧。」

「喔，對齁，對不起。」

「唉，老天。試用期一開始就表現不好，」安柏因爲無法移動手臂，就點頭指示方向，「大家跟我來，往這邊走！」

12 跟著領袖走

安柏的手和腳都上了石膏，她實在是蠻無助的。如果她從輪椅上跌下來，就得掙扎爬起來。那她很有可能會像甲蟲一樣，四腳朝天地躺在地上。然而，因爲有著堅強的意志力，安柏可以說是午夜幫的領袖。她就在這家醫院的地下室，對著喬治、羅賓，以及新來的成員湯姆發號施令。

「往前走！向右轉！再向右轉！到了走廊的盡頭再向左轉！」

羅賓把安柏推去撞牆好幾次之後，就變成喬治負責推輪椅。可以合理懷疑羅賓是故意逃避這項任務的，現在可憐的喬治汗流浹背、氣喘吁吁，累得像條狗一樣。推這輪椅實在是太累人了，特別是有一個輪胎還沒氣。

「湯姆，你想推嗎？」喬治上氣不接下氣，拚命想把這台又老又生鏽的東西直直地往前推。

「不，謝謝你。」

「推輪椅眞的很好玩，對吧？羅賓。」喬治說。

「喔，對啊，喬治，這是個很難得的機會。」羅賓說得很心虛。

「湯姆，你看。」喬治繼續說，「如果你眞的想加入我們，想要通過試用期，那你就眞的要來推一下安柏的輪椅，至少要推一次。」

湯姆嘆了一口氣，他知道他們在騙他，但他也無可奈何。「好吧，好吧，我來推！」

「太棒了！」 喬治大叫，他開心得朝空中揮拳。

「你們應該爭取幫領袖推輪椅，這是榮譽啊！」安柏說。

「誰說妳是領袖？」羅賓問。

「我說的，」安柏回答。「好，現在趕快，湯姆，我們走吧！」

男孩心不甘情不願地握著把手開始推輪椅。安柏比他想像得還要重，要拚命使勁才有辦法往前移動。

「快一點！快一點！」她命令。

「我們要去哪裡？」湯姆問。

「湯姆，我剛剛不是說過，你還在試用期，」安柏說。「我們要去的地方是最高機密，你不需要知道。向右轉！」

湯姆很聽話地推著輪椅向右轉，結果，把安柏推進一個死巷。

「停！」安柏說。「你推錯路了！」

「我都是照著妳說的話做的，小姐！」湯姆回答。

「我的意思是……安柏。」

「沒關係，小姐也可以。」女孩說。

「我需要休息一下，」湯姆一邊說一邊往地上坐。另外兩個男孩也跟著坐下來。「在我們繼續往前走

之前，我要你們跟我解釋一件事。」

「**什麼？**」安柏質問。這女孩不是很高興。很顯然，如果她不好好回答，那就連一公分都別想再被往前推。

「我還是不明白，爲什麼很久以前的那個孩子要成立這個祕密組織。」

「在你成爲正式會員之前，通常是無法讓你知道午夜幫所有祕密的。」女孩回答。

「安柏，拜託告訴他，」喬治呻吟著，「我沒有辦法再推了，我身上還有縫著針的傷口。」

女孩對著這些唉唉叫的男孩們**不屑地哼了一聲**，「據說這個孩子在這**范爺醫院**裡住了好多年。」安柏開始說。

「爲什麼？」湯姆問。

「我猜可能有什麼嚴重的病吧，」安柏回答。「比需要縫針的傷口還嚴重許多！」

說到這兒她還瞅了喬治一眼，然後再繼續說。「這孩子無聊透頂了，生病就已經很煩，住院更煩。他想要來點刺激的。所以，有一天晚上，就在半夜的時候，他想到了一個好點子，就是和其他住院的孩子一起成立屬於他們的祕密組織。」

「這個祕密組織做了什麼？」湯姆問。

「我正要講，」安柏回答，「拜託可不可以讓我把話講完！」

在這黑暗的地下室裡，湯姆可以感覺到喬治對著他翻白眼。安柏確實是一個狠角色，難怪打從他們住進醫院，她就把羅賓和喬治壓得死死的。

「這孩子認爲，爲什麼外面的孩子都可以過得那麼開心，而他們卻連離開醫院都不行？爲什麼住院的孩子不聯合起來，讓自己小小的夢想可以實現？就從每晚的午夜開始。」

「爲什麼還在午夜？」

「因爲大人一定不會同意的。這孩子知道，如果被大人發現了，他們一定會千方百計地阻撓。所以也只能選在大人都上床睡覺了，才開始行動。然後，

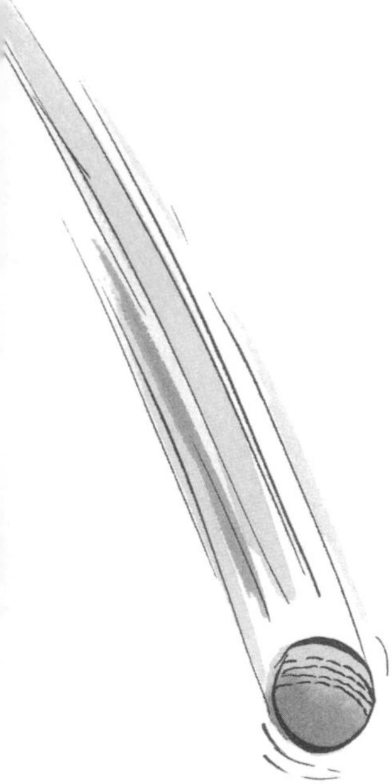

隨著時間慢慢過去，有些孩子病好就出院了，接著又有新的孩子住進來。如果午夜幫成員覺得這個新來的孩子値得信賴，眞的値得信賴，也就是說，絕對不會跟醫生護士、或是他們的父母老師、甚至是和外面的朋友說起。那麼，只有在這個時候，他們才會邀請他加入。」

「你們本來會邀請我嗎？」湯姆問。

「大概不會。」安柏斷然回答。

「爲什麼不會？」男孩質問，感覺非常受傷。

「老實說，你好像有點弱。」

「**弱？**」

「**對！很弱。**天啊，只因爲頭被網球砸到就大驚小怪！」

「那是板球！」湯姆抗議。

「反正差不多啦。」喬治說。

「不！那差很多！」湯姆大叫。「板球**重多了！**」

「好啦！好啦！當然很重啦！」安柏語帶

諷刺地說。「重到像你這樣的軟腳蝦想接住，都得賠上半條命！」

其他兩個男孩都咯咯笑了起來，湯姆卻很生氣。他知道自己生來就不是奧運選手的料，但也從來沒想到會被看成軟腳蝦。

「好啦，湯姆，別生氣了！」安柏說。

「我以爲午夜幫只是一個概念，」羅賓自言自語。「由一個孩子傳給另一個孩子。」

「就像跳蚤一樣？」喬治這麼一說，根本沒幫上忙。

「對，喬治，就像跳蚤一樣！」羅賓大叫。「你眞是天才。午夜幫就像跳蚤一樣，只不過你不會癢得想抓頭，也用不著特殊洗髮精、除蝨卵梳子、當然根本沒有跳蚤。」

「好了！好了！」喬治說。「我們可不能全都是金頭腦！」

「如果午夜幫不能延續下去，有一天就會失傳。」安柏繼續說，「我們必須知道，即使是領袖，也不可能獨自一人完成午夜幫的任務。」

「尤其是需要有人幫忙推輪椅的時候。」羅賓說。

「只有所有的成員一起努力，午夜幫才能延續。」安柏說。

「但是要去做什麼？」湯姆問。

「這就是最精彩的地方，」安柏低聲說。

「就是讓孩子們的夢想得以實現！」

13 想

「夢想愈大愈好！」喬治說。

「現在是我在講話耶！」安柏對喬治說。

「對不起。」喬治回答。

「你要說『對不起，小姐』」羅賓低聲玩笑地說。

「所以湯姆，你最好現在就開始想你的夢想是什麼。」安柏說。「什麼事情是你最想做的，你有嗎？」

「我希望學校的伙食可以好一點。」

「真無聊！」羅賓說。

「呃，嗯，還有我希望從此以後都可以不用再參加板球比賽……」

「超悶的！」

「喔，那就，嗯，我希望禮拜三下午不用上進階數學……」

「拜託他說完之後再把我叫醒！」

「我不知道！我想不出來！」

「唉呀，湯姆，」喬治說。「你一定想得出來的，『想』不是我的強項，但連我都想出來了。」

不過，悲慘的是，這男孩的腦袋一片空白。

「看樣子我是對的！」安柏宣稱。「對不起，湯姆，你不適合加入午夜幫，你的試用期結束！」

「不行！」湯姆抗議。

「就這樣！」安柏回答。

「拜託，再給我一次機會！我一定想得出來的！」

「不用了！」女孩說。「除非你眞的有個想完成的夢想，不然加入午夜幫也沒意義的。我們投票表決吧！我說不讓湯姆加入，你們同意嗎？」

「我投讓湯姆加入！」羅賓說。

「什麼？」安柏質問。

「只要他願意幫妳推輪椅就可以。」

「對，只要湯姆願意推輪椅，他就可以留下來！」喬治同意。

「你們兩個很沒用耶！」安柏說。「好吧，看來你可以留下來——推輪椅！」

「太棒了！」湯姆大叫。

「好！那快點，走吧！」

男孩接受指令開始動作。

「現在，幫我調頭，然後往前推！**快一點！**」

男孩以他最快的速度沿著走廊推著安柏向前走。

「再快一點！」她大叫。

14 冷凍庫

這四個孩子就在**范爺醫院**的地下室沿著走廊蜿蜒向前走。

他們經過鍋爐室。湯姆一邊往裡面瞧，一邊拚命推著安柏的輪椅。裡面有個跟游泳池一樣大的儲水槽，連接水缸的是許多大銅管，那些大銅管正在那裡**嘎嘎作響**地冒著水蒸氣。

接下來經過的是陰暗潮溼的儲藏室。湯姆又再度往裡面瞧，裡面好像裝的全是垃圾，地上還擺了一個破掉的床墊。他們又繼續往前走。

最後，前方出現了一個標示，上面寫著冷凍庫。

「我們到了！」安柏宣布。

湯姆只穿了一件粉紅色滾邊睡衣。

「你在開玩笑吧！」他驚呼。

「什麼意思？」安柏回應。

「我們不能進去冷凍庫！」男孩抗議。

這個大冷凍庫儲藏醫院的許多食物，就在他們打開冷凍庫的門的時候，安柏說，「我們不是進去冷凍庫，我們現在是去北極！」

「北極？」湯姆看著羅賓跟喬治，不過他們都沒有回應。「妳說我們去北極是什麼意思？」

「成爲第一個去北極的女孩一直是我的夢想。」安柏說。

「只要出院，我就要成爲世界著名的探險家。我也要成爲第一個去南極探索的女孩，還要獨自一人環遊世界。我想登上最高的山峰，潛入最深的海洋。我想經歷你們想都想不到的瘋狂冒險！」

湯姆站在那裡靜靜地聽，希望自己也可以有那麼大的夢想。湯姆在學校裡一直是又安靜又膽小，默默地不想引人注意。而他現在卻被要求說出自己最大的夢想！很丟臉的是，他竟然沒有夢想。然後湯姆問，

「妳是在探險的時候跌斷手腳的嗎？」

喬治給湯姆使了個眼色，好像暗示他不要再說下去了。而被問了這個問題的安柏，此刻看起來非常生氣。

「如果你一定要知道的話，」她說。「這是在爬山的時候發生的意外。」

「嗯，親愛的，這不是事實吧？」羅賓說。

女孩開始變得不太自在，「呃，好吧，我當時是在做登山訓練。」

這對湯姆來說已經很厲害了。

「其實我認為那不叫登山訓練。」羅賓說。

「那你覺得那叫什麼，自作聰明的傢伙？」女孩回嘴。

「我覺得是從雙層床上掉下來。」羅賓冷冷地回答。

湯姆努力要憋住，但就是沒辦法。他就這樣忍不住大笑起來，「**哈！哈！哈！**」

「**哈！哈！哈！**」喬治也笑。

這時候，連冷冷的羅賓也笑了起來，「**哈！哈！哈！**」

「**安靜！你們這些人！**」安柏大叫。

把這唯一的女孩搞得這麼生氣，男孩們更是笑得樂開懷了。

「我等你們安靜下來再繼續。」她說這話的語氣像個老師。

最後笑聲終於停了，安柏宣布，「現在走吧，你們這些蠢男生，我們即將成爲第一批勇闖北極的小孩！」

喬治示意要湯姆幫他，他倆就這樣一起推開冷凍庫沉重的大鐵門。

一股強烈的極地冷氣團朝他們四個迎面襲來。

就在冷熱氣體交會時，白色霧氣形成，一時間霧氣遮蔽了所有東西。等霧氣慢慢散去後，孩子們才終於看到最**壯觀的景象**。

15 北極

當孩子們看到北極，他們的臉都亮了起來。

那不是眞的北極，但那是令人意想不到的重新改造。在醫院的冷凍庫裡，竟然有積雪好幾吋的雪地，那一定是從炸魚條和冷凍豌豆包裝上的霜刮下來，最後收集而成的。還有雪堆、冰洞、甚至是冰屋。天花板還有個吊扇轉動著，把片片雪

花吹得滿室飛舞，看來真的像在下雪一般。走廊上的日光燈照射進來，雪花就像鑽石微粒般閃閃發亮。

「哇！」湯姆讚嘆。

「真漂亮。」安柏說。

這女孩一直是他們當中最強悍的，但此刻湯姆看到安柏的眼裡噙著淚水。

「拜託告訴我你們看到了什麼。」羅賓說。

在這奇妙的時刻，大家都忘記羅賓的眼睛看不見，他的繃帶還得包上好幾個禮拜。

「簡直太完美了。」安柏回答。

「怎麼個完美法？」羅賓問。

「羅賓，這裡到處都是雪，」湯姆說。「還從天上飄下雪來。」

「我感覺到了，就掉在我臉上。」

「而且還有雪堆，甚至還有冰屋，」湯姆說。「還有……我簡直不敢相信！安柏，妳看這裡！」

竟然還有一面英國米字旗靠在冰屋的另一邊，這面旗就被綁在一根木竿上，這木竿可能是從某棟建築的什麼地方拔下來的，或許就是這一棟建築——**范爺醫院**。

「可能是要讓你插在雪地上的！」喬治說。「就像那些探險家一樣，要向世人證明你真的到過那裡！」

「把什麼插在雪地上？」羅賓急著問。

「一面旗子！」湯姆回答。「對不起，我剛剛應該說的。」

「把旗子拿來給我！」安柏命令。

湯姆小心翼翼地把旗竿放在她的手裡，女孩想把旗竿插下去，但她手臂上了石膏，根本動彈不得。

「我沒辦法！」安柏顯得非常挫折。

「我幫妳！」湯姆說。

「不！」她怒嗆。**「算了算了！這整件事情根本就很蠢！」**

「一點也不蠢，」湯姆說。「妳不是跟我說過，午夜幫不就是要所有孩子一起合作嗎？」

「是沒錯啦。」安柏彆扭得說。

「那就讓我幫妳，其實我們大家都可以幫忙，不如我們就一起來吧！」

「好主意。」喬治說完就把羅賓的手引導到旗竿，然後他們一起把旗竿插進雪地裡。

「我現在宣布，我，安柏·佛羅倫斯·海瑞爾特·菈提，是第一個勇闖北極的女孩！」

「好哇！」男孩們都歡呼起來。

「謝謝，謝謝，」安柏鄭重其事地說。「我眞的要感謝一些人。」

「喔！她又開始了！」喬治說。

「這可能要花些時間，」羅賓小聲地對湯姆說。「安柏喜歡演講。」

「我最最要感謝的是我自己，沒有我的話這一切根本不可能發生。」

「眞是有夠謙虛的！」羅賓說。

「不過我還是要藉著這個機會，跟我午夜幫的老朋友和新朋友道謝。」

儘管這不是眞的北極，但女孩臉上驕傲的神情卻是那麼眞切。

湯姆環顧這一片小小的極地荒原，霧氣散去後，他看到醫院的食物被整齊得堆放在一旁，還用霜雪掩蓋了起來。此時一個問題浮現出來，**這一切到底是誰做的？**

就在這個時候，一團黑影晃過去，有人或什麼東西從門口穿過去。

「那是什麼？」湯姆問，他的語氣充滿恐懼。

「什麼是什麼？」喬治說。

「有……有人在那……那邊。」他結結巴巴地說。

「哪裡？」安柏問。

「在門外。」湯姆回答。

「沒有啊。」安柏說。

「如果沒有，那就出去看一下啊。」湯姆說。

一時之間鴉雀無聲。

「呃，我坐在輪椅上，根本沒辦法出去，對吧？」安柏回應。

「我是可以出去啦，但看的部分我就沒有辦法。」羅賓說。

所有的視線都移向喬治，「等我吃完這桶冰淇淋我就去。」喬治說。這時候的他滿臉都是巧克力冰淇淋，還一邊伸手到桶子裡再挖一勺。

現在所有的視線都轉向湯姆。

「我不能去！」湯姆大叫。

「爲什麼不行？」安柏質問。

男孩看著他那一身粉紅滾邊睡衣，「我穿成這樣？」

「這不成藉口！」安柏回答。「女孩也穿這種睡衣啊，我們投票表決。贊成湯姆去的舉手。」

不用想也知道，其他兩個男孩都舉手了。

「如果我的手動得了，我也會舉，所以決議，」女孩鄭重其事地說，「就是你了，湯姆。」

「但是……」他抗議。

「你想要成爲午夜幫的永久會員嗎？」她早就能預料到答案。

「想，但是……」

「那就去吧！」她命令，「現在！」

腳下的冰已經變得有點滑，湯姆的每一步都好像快要滑倒。他慢慢地走到冷凍庫門口，向左看，什麼也沒有。然後向右看，黑暗中出現了龐然大物，一隻如假包換的……北極熊。

「嗷！」那熊咆哮著。

「啊啊啊啊啊啊啊啊！」男孩大叫。

16 北極熊

那並不是眞的北極熊，而是一個人穿著北極熊裝，而且這裝扮還眞不怎麼樣。看來是從醫院蒐集棉花製成的，還留了兩個洞給眼睛，耳朵是海綿，鼻子是聽診器的尾端，爪子是窗簾的掛勾，尖牙是藥盒的白色紙板做成的。

近距離看到這樣的北極熊，湯姆不再害怕了，他知道其實這是人假扮的。

接著，這人把頭套拿下來。

原來是搬運工。

看到那張變形的臉，男孩叫了起來：**「啊啊啊啊啊啊啊！」**

「嗨！孩子們！」搬運工開心地說。「抱歉我遲到了。」

湯姆還喘著氣，「什、什麼？」

「放輕鬆，小先生，」他說。「是我，搬運工。」

「所以這是你弄的？」

穿著北極熊裝的男人

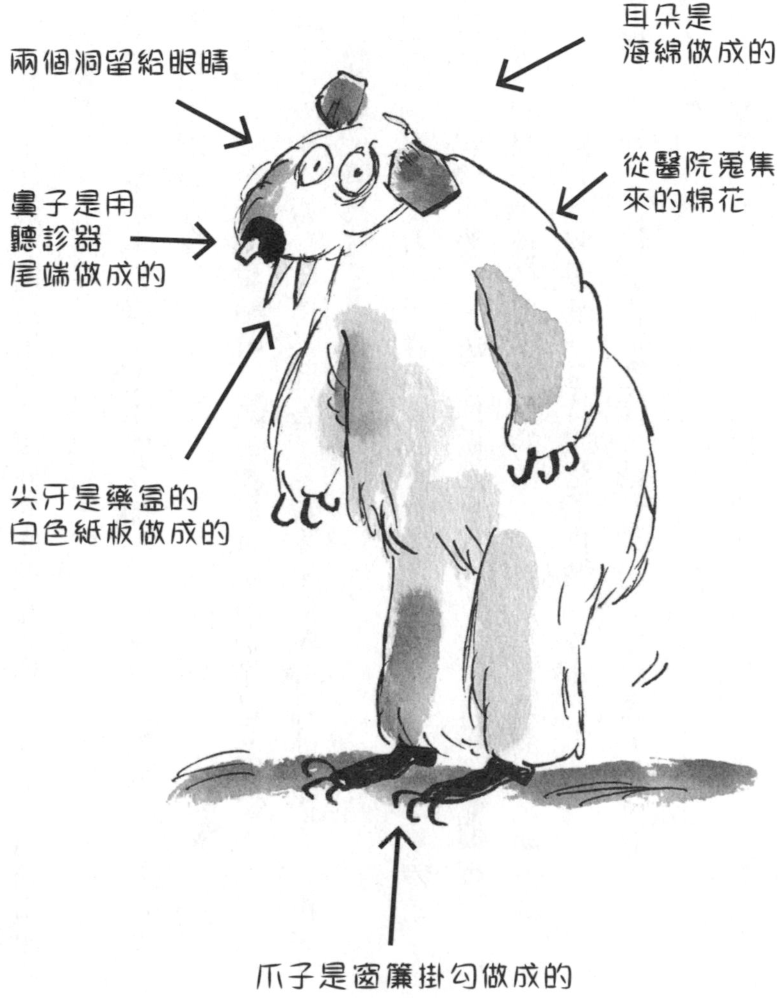
兩個洞留給眼睛
耳朵是
海綿做成的
鼻子是用
聽診器
尾端做成的
從醫院蒐集
來的棉花
尖牙是藥盒的
白色紙板做成的
爪子是窗簾掛勾做成的

「是啊！我花了好幾個禮拜用冷凍庫裡的冰做成北極的樣子，還好冷凍庫有好幾年沒有除霜了，有很多『雪』可以用。」

湯姆納悶，午夜幫不是只有小孩才能參加嗎，而且還要對大人絕對保密。爲什麼這個長相可怕的人會參與？

「嗨！搬運工！」安柏說話時，喬治和羅賓拚命把她推向門口。

「晚安，小安柏小姐，」這人回答，「我本來計劃躲在冰屋後面，扮成北極熊給妳一個驚喜，但我就是來不及縫好耳朵。」

他把頭套拿過來給她看，一條線連著一只黑色海綿耳朵，垂在一旁。

「眞精彩！」安柏叫著，「這是你做過最棒的一次，眞希望能擁抱你。」

搬運工用他的棉花手輕輕地拍著她的頭。「這話說得眞窩心，謝謝妳，小小姐。要實現去北極的這個願望，還眞的花了我很多時間去想。」

「我絕對想不到，住院割個扁桃腺，竟然還遇上北極熊！」喬治說。

「那又不是眞的，喬治。」羅賓說。

「對啊，我知道，」喬治說，「他把頭套拿下來的時候，我就發現了！」

「唉喲！我的天啊！」羅賓低聲咕噥。

「但是，搬運工，你爲什麼要做這些呢？」湯姆疑問。

「我？嗯，從一開始，我就非常想幫助午夜幫，」他說話時眼裡散發出光彩，「我只要小心一點，不要讓梅春發現就好。不然，我會被當場炒魷魚的！」

「爲什麼要這樣做呢？」

「呃，我覺得值得冒這個險。我相信住院的病人如果覺得快樂，那他們的身體也會好起來。」

這話說得有道理，湯姆想。接著他又問，「如果他們沒好起來呢？」

「即使病人沒有眞的好起來，

他們也會感覺好多了。這樣也就値得了。」

「確實是這樣。」羅賓贊同。

「我只是一個低階的搬運工，最低階的低階……」這個人含糊地說。

「你才不是最低階的低階！」安柏打斷他的話。

「妳的心地眞好。」他回應。

「還有**廁所清潔工**。」喬治補充，但這話根本沒幫上忙。

「好了好了，我確定你這話有安慰到他。」羅賓說。

「打掃廁所是一件很重要的工作，小先生。我沒有機會上大學學習當個醫生，如果可以的話，那將會是我最喜歡做的事。我小時候大部分的時間都待在醫院，不過不是學當醫生。我只是整整這個，動動那個，」他邊說邊指著他那張變形的臉，「不過都沒有成功。我錯過受教育的機會，我很想上學，但大家都告訴我，最好待在醫院裡，不要出去嚇到別的小朋友。」

突然之間，湯姆感到一股罪惡感油然而生，他看到搬運工的時候尖叫了，不只一次，還叫了兩次。

「我手腳上了石膏，在這家醫院已經待了兩個月了，」安柏說，「很多小孩子在這期間來來去去，許多夢想都被實現了，這些夢想沒有你的話是無法完成的。」

這時搬運工看起來有些害羞，「這沒什麼，謝謝妳，安柏小姐。我必須承

認，美好的事還是存在的，不是嗎？」

「告訴我，你們做了什麼，快告訴我！」湯姆催促著。

17 講故事

「有一天晚上午夜幫舉辦了場刺激的賽車比賽！」安柏開始說。

「是輪椅的賽車比賽！」搬運工接著說。「有一個叫亨利的孩子，他生來就完全沒法走路，但小亨利先生非常希望成為賽車手，所以我把他的電動輪椅改裝得超級快，時速到達七十英里！讓他跑起來像一陣風，弄得病房裡所有的孩子都想試乘看看！」

「眞不公平！」喬治說。「亨利這幸運的傢伙！」

「幸運？」羅賓說。「他沒辦法走路耶！」

「好吧！我承認是沒那麼幸運啦！」

「我發現地下室堆放了一些老舊生鏽的輪椅，」搬運工口齒不清地說。「我就從園丁的倉庫裡『借』了割草機引擎，裝在輪椅上面；在所有孩子睡衣背後寫上比賽號碼；再用茶會紙巾做成旗子，比賽就開始了！」

「我們整晚在醫院走廊一圈又一圈的比賽！」喬治興奮得說。「我第三名！」

「總共也只有三個孩子在比賽。」安柏說。

「沒錯，不過我還是第三名！」

「我撞車撞了一百零三次，不過還是很好玩，」羅賓接著說。「而且我還得了第二名。」

儘管在冷凍庫的這些孩子們已經開始發抖，他們還是不斷分享午夜幫入夜之後的冒險。隨著他們講述那些真實的奇幻故事，「雪」也持續不斷地從天花板上飄下來。

「還有一個叫瓦萊麗的女孩，」

安柏說。「她還不到十歲，對歷史非常著迷。她長大後想要做一個考古學家，她的夢想就是要到古埃及尋寶。」

「那你們怎麼幫她呢？」湯姆問。

「呃，我從藥局偷——我的意思是『借』——了好幾英里的繃帶，」搬運工說，「然後孩子們用繃帶把彼此纏成埃及木乃伊。我再用空紙箱堆成金字塔，讓孩子們都先躲進去。等所有事情都準備就緒，就讓小瓦萊麗獨自進入金字塔探索，假裝是第一個發現這座法老王墳墓的考古學家。」

「要回兒童病房的時候，我什麼都看不見，所以迷了路，」羅賓說。「就這樣走錯病房，把別的病房的病人嚇一大跳，

他們還以爲木乃伊復活了！**哈哈！**」

「聽起來好刺激喔，」湯姆說。「這種恐怖氣氛的冒險我喜歡。」

「那麼你錯過去年萬聖節實在太可惜了，小湯姆先生。」搬運工說。

「那時候你們做了什麼？」安柏問。

「對啊，那時候我們四個都不在場，」羅賓接著說。「快告訴我們！」

「嗯，那時候有一個小女孩叫溫蒂，因爲要動手術而住院。她討厭要住院那麼久，不但錯過了萬聖節，沒辦法去要糖果，還不能去上國際標準舞課。」

「所以你做了什麼？」湯姆問。

「我想，爲什麼不把這兩樣結合起來呢？所以我辦了一場午夜國際標準舞大賽。」

「聽起來一點都不**恐怖！**」安柏說。

「呃，安柏小姐，重點在，所有的小孩都跟骷髏跳舞！」

「真的骷髏？」湯姆困惑得問。

「不！當然不是！是醫師房裡的塑膠模型。」

「真是謝天謝地！」

「當然，我讓溫蒂贏了。」

「還好贏的不是骷髏，」羅賓說。「要不然就太可怕了。」

「還有，上次衝浪滑水的時候你們三個都在。」搬運工又想起。

「喔對，有一個叫傑拉爾德的男孩因嚴重車禍失去一條腿。」安柏說。

「眞可怕。」湯姆說。

「更可怕的是，梅春還跟他說，他再也沒有機會成爲專業衝浪選手了。」

「眞是天殺的女人！」羅賓說。

「不過午夜幫是絕對不會這樣袖手旁觀的，」女孩繼續說。「我們一起把傑拉爾德弄到搬運工的一部推車上，然後一起讓他整夜沿著階梯滑上又滑下，就好像在衝浪一樣！」

「酷！」湯姆說。

「別忘了還有一個想跟女王喝茶的孩子，」搬運工說，「他的名字叫山迪。」

「那你們怎麼做呢？」湯姆問。

「我還真不知道我長得像女王，」羅賓說。「我把浴簾圍在肩膀上當披肩，便盆倒扣在頭上當皇冠。」

「我負責女王的柯基！」喬治驕傲地說。

「你怎麼做？」湯姆問。

「我半夜溜進各個病房，收集毛茸茸的拖鞋。然後我們用鐵絲把它們綁在竿上，我再牽著它們動來動去，還汪汪地學狗叫。」

「眞是栩栩如生啊，」羅賓諷刺地說。

「山迪眞的很開心！」喬治說。

「可是被竿子打到頭，他並不開心！」

「那不是我的錯！」喬治抗議。「那些柯基實在太不受控了！」

「是喔！」羅賓回應。

「就在上個禮拜，我們病房裡還有一個男孩，他超級超級想當喜劇演員。」安柏說。

「他叫大衛，但他一點喜感也沒有，」羅賓補充說。「事實上是，一點也不好笑。大衛講笑話的時候，總是先破哏。比如他會說：綠豆沙。鯊魚不小心吞了一顆綠豆，牠變成了什麼？」

「這麼瞎？」湯姆說。

「唉，還有更糟的！丁字褲。哪個字最酷？」

「叫他別說了！」湯姆說。

「還有一個更經典的：茉莉花。哪種花最沒力？」

「我不懂耶。」喬治說。

「他應該先說，哪種花最沒力？然後再說，茉莉花！因爲好一朵美麗（沒力）的茉莉花。」

「我還是聽不懂耶。」喬治回答。

「可憐的大衛先生，」搬運工說。「他完全沒意識到自己多無趣，就只是非常渴望聽到笑聲。」

「那你怎麼做呢？」湯姆問。

「我借了一罐笑氣。」他說。

「那是什麼？」湯姆問。

「醫生用它來抑制疼痛。之所以叫做笑氣，就是因爲它會讓人一直笑個不停。所以，在大衛不知情的情況下，我把笑氣打進一間婦產科的等候室，那裡有很多爸爸在等待孩子出生的消息。然後我把大衛先生送進去，讓他把那些破哏的笑話從尾到頭都說一遍。令人訝異的是，這些爸爸們對他講的笑話都捧場得不得了，一直笑個不停。」

「哈！」

「我最喜歡午夜幫與海豚共游的那一次！」喬治想起來。

「在哪裡游？」湯姆問。

「當然是醫院的儲水槽阿！」搬運工回答。「**那裡超大！跟游泳池一樣大！**」

「可是，那海豚呢？」

「我本來想跟水族館借一隻眞的海豚，不過後來想到更好的。在孩子們的協助下，我們把一些充氣枕畫得像海豚一樣。我再用繩子拉著充氣枕在水裡游來游去。那個小病人穆罕默德，我猜他才六歲吧，玩得好開心！」

「還有非洲狩獵那一次也很棒！」喬治說。

「對啊，那是爲了那對雙胞胎雨果和傑克辦的。」搬運工說。「雨果的腎臟壞了，傑克把自己的一顆腎臟捐給他兄弟。因爲手術的關係，他們兩個都要在醫院住一段時間。所以爲了他們，孩子們就用醫院裡找得到的材料把自己打扮成各種動物。水管變成大象的鼻子，毛茸茸的浴墊變成獅子的鬃毛，義肢變成長頸鹿的脖子。我們還『借』了電動代步車，這代步車就成了他們的吉普車。當夜晚來臨時，這對兄弟就駕著他們的吉普車在醫院裡奔馳，其他扮成野生動物的孩子們就衝出來撲向他們。」

「太棒了！」湯姆說。「眞是太棒了！那你們兩個男生的夢想都實現了嗎？」

18 叭叭叭碰

「我的夢想幾個禮拜前就已經實現了，」羅賓在**范爺醫院**地下室回答著。「我還以爲我給午夜幫出了一個不可能的任務呢！我在學校是拿音樂獎學金的，無論鋼琴、小提琴、或其他樂器總是拿到最高分，我希望有一天可以成爲作曲家。雖然我會吹喇叭，但我不喜歡自己吹。我眞正的熱情在古典音樂，尤其是歌劇。所以我夢想成爲一整個交響樂團的指揮。」

「這眞是一項挑戰，」搬運工說。「一個交響樂團可能需要上百個樂師，所以我得向倫敦所有的醫院求助，跟他們借小孩。」

「他們用什麼東西演奏？」湯姆問。

「醫療器材！」羅賓回答。「而我就是指揮，我選了我最喜歡的樂曲，貝多芬第五號交響曲。」

「好聽嗎？」湯姆問。

「非常可怕！不過重點不在好不好聽！」羅賓說。「重點在於感覺如何！」

湯姆從男孩的臉上看到一種奇妙的神采。

「所以到底感覺如何？」他問。

「很難確切地說，不過指揮的時候，我感覺自己好像飛上了天！」羅賓回答。

「哇！」湯姆心想，他一定要想出一個更特別的，這樣才能超越這些夢想。

「下一個輪到我了！」喬治興奮得說。「午夜幫的下一次行動就是要實現我的夢想。」

「呃，等等，小喬治先生，」搬運工說。「我有點被你的願望難倒了。」

「他的願望是什麼？」湯姆問。

「他想飛。」安柏說。

「搭飛機嗎？」湯姆問。

「喔不，不，不是的！那就太簡單了，」羅賓回答。「我們的喬治想要像超人那樣。只要一擺姿勢，就**咻！**是鳥嗎？是飛機嗎？不，是超級喬治！」

湯姆看著喬治，他是個胖男孩，實在找不出比他更不適合飛天的。這根本不可能，或許這個夢想真的太離譜了，午夜幫再怎麼厲害也無法達成。

不過，搬運工可沒有那麼容易被擊敗。

「我們會有方法的，」他說。「別擔心，小喬治先生，只要發揮想像力，我們總是會想出辦法的。好了，現在已經愈來愈晚，或者應該說愈來愈早了，我應該把環境整理一下。」他指的是今晚精心設計的北極。「你們也該回去睡覺了。」

孩子們玩得意猶未盡。

「不！」他們哀鳴。

「必須回去！」搬運工回答。「已經超過上床時間太久了。」

四個孩子這才心不甘情不願地拖著腳步離開冷凍庫，沿著長廊走去。

「對了，小湯瑪士先生？」他喊著。

「什麼事？」湯姆回答。

「我不知道你是不是喜歡穿那件粉紅色滾邊睡衣……」

「不喜歡，一點都不喜歡。」

「我想也是，不曉得爲什麼梅春要你穿那件，她辦公室裡應該還有很多備用睡衣。」

「眞的嗎？」男孩簡直不敢相信自己的耳朵。「那爲什麼她要叫我穿這件？」

「這女人心裡有陰影，她喜歡讓小孩受苦。」
「爲什麼？」湯姆問。
「她善用殘酷的手段，讓自己有權威感，這就是爲什麼她要你穿那件睡衣的原因。」
「我恨她。」男孩氣得咬牙切齒。
「不要這樣，這樣的話就讓她正中下懷。如果你恨她，她就贏了。而且你的心也開始有了陰影。我知道這不容易，但請不要讓她操控你。」
「我會盡量努力。」
「很好，」搬運工說。「我會幫你找件睡衣。」
「謝謝你……」湯姆回答。「對不起，我還不知道你的名字？」
「就叫我搬運工好了，每個人都這麼叫。」
雖然這樣叫他很奇怪，但一時之間也沒法說什麼。「那就，謝謝你了，搬運工。」
「快點，新來的！」安柏命令。「推啊！」
湯姆嘆了一口氣，繼續把輪椅向前推。一群人就這樣朝著電梯的方向前

進。

「好一朵沒力的茉莉花！」喬治說。

「哈！哈！哈！」

「你在嗨什麼？」羅賓問。

「那個笑話我終於弄懂了！」

「下次跟你講笑話，可能先破哏比較快。」羅賓開玩笑說。

「那還是太慢了。」喬治回答，完全沒聽懂是在調侃他。

19 臭氣熏天

在電梯爬往四十四樓的過程中，沒有人敢講話。安柏、喬治、羅賓和剛加入午夜幫的新成員湯姆都知道，他們半夜偷爬起來如果被抓到，就倒大楣了。所以，他們四個都緊盯著樓層的數字，從代表地下室的「B」開始往上……

G，1，2，3……

現在已經是清晨了。

4，5，6……

范爺醫院裡還是靜悄悄的。

7，8，9……

成人病患都還在睡覺。

10，11，12……

只有一小部分醫生和護士輪夜班照顧病人。

13，14，15……

叮！

孩子們慌張得你看我我看你。電梯停了，但這並不是兒童病房。

「喔不！我們要被逮到了！」喬治說。

「噓！」安柏要他別出聲。

湯姆很倒楣地就站在電梯口，這時電梯就要打開了。

「湯姆，說話！」安柏用氣音說。

「我？」男孩抗議。

「對！就是你！」她回答。

電梯一打開，出現在眼前的是醫院的清潔工，她的名牌上寫著滴莉。

滴莉就站在那裡，手裡拿著骯髒的舊拖把和水桶，嘴裡叼著一支點著的菸。清潔工驚訝得下巴往下掉，菸還黏在下嘴唇上，地上拖著一條長長的煙灰痕跡。

滴莉用非常懷疑的眼神看著這群小孩，站在眼前的這男孩還穿著粉紅色滾邊睡衣，後面的三個孩子也都穿著睡衣。

「你們這些孩子不睡覺在這裡做什麼？」清潔工質問。

滴莉的聲音又低沉又沙啞，顯然是個老菸槍。說話時那香菸就隨著她的嘴唇上下彈動。

「這是個好問題，女士！」湯姆回答，故意拖延時間。

「事實上是醫院的院長，昆丁．史崔默先生，要我們……」

「是史崔勒！」安柏發出氣音糾正。

「……史崔勒先生要我們檢查醫院的清潔衛生。」

「要你們幹嘛？」滴莉質問。

「沒錯，」羅賓接著說。「我們已經從上到下檢查了一遍。」

叮！

門看樣子就要關起來了，所有孩子就快鬆口氣了。但就在這個時候，那老女人把腳伸進來擋住，門又打開來。

「爲什麼昆丁先生會派一群孩子來做這件事情？」滴莉質問。

一時之間午夜幫好像被問倒了。

所有的視線都轉向羅賓，大家公認他是午夜幫裡最聰明的孩子。

「院長要小孩子來檢查醫院的衛生是因爲，」他開始說，「妳一定也發現了，小孩比大人矮，因此更接近地面，這樣就更容易看到地上的髒汙灰塵。」他說。

此時，其他三個孩子眼中充滿欽佩之意。

「但是你的眼睛包著繃帶！你根本連看都看不到！」清潔工說。

這話說得有理。

「這就是我加入的原因！」湯姆說。「我幾乎就等於是這群孩子的眼睛了。而且，我得說，這地板實在是太髒了。」

滴莉是很特別的清潔工，她所到之處會比原來的變得更髒。沒錯，她就是用骯髒的水拖地。結果，只要她拖把拖過，絕對會留下更髒的痕跡。

「我才剛剛清理過！」滴莉抗議。

「那麼，很抱歉，必須重新再做一遍。」湯姆說。

叮！

眼看門就要關上。

又再一次，沒能逃過。

清潔工的腳還是緊緊地擋在電梯門口。

香菸冒出來的裊裊煙圈不斷飄向孩子們。

「我是我們這一群小孩的鼻子！」安柏接著說。

「呃，很抱歉我得說，七樓有一個馬桶必須趕緊去清理。」

「我剛剛才清過那裡！」滴莉抱怨。

「呃，那妳一定是漏掉了一些地方。」安柏說。
「可能又有人用過，還留下了臭氣熏天的東西在那裡。」羅賓補充。
「對，我在這裡就聞到了！」安柏一邊附和，一邊對著那假想的臭味皺鼻子。
「我什麼都沒聞到！」喬治說。
湯姆趕緊敲他的手，要他安靜。
「現在，請妳把腳從電梯口移開，」湯姆又開始說。「我們這衛生審查小組必須走了，妳不想我們跟昆丁．史崔勒先生報告什麼，對吧？」
此時，電梯裡的一行人都作勢搖頭低語。
「所以，如果我是妳的話，我就會把七樓的廁所清得閃閃發亮！」安柏趕緊補充。
「是，是，當然。」那女人邊說邊把腳收回來，煙灰又掉了一地。
「還有最後一件事，滴莉。」羅賓說。
「是？」
「妳應該戒菸，這件事情在醫院裡傳得很厲害，這樣對妳不好。妳可以搭下一班往下的電梯！非常感謝妳！」這是男孩的臨別贈言。

叮！

20 誓約

電梯的門終於關上了，這四個孩子全都鬆了一口氣。電梯就此一路往兒童病房直上。在確定清潔工聽不到的時候，他們全都爆笑了出來。

「哈！哈！哈！」

「做得好，湯姆。」安柏說。「衛生檢查！天才！你眞讓我們刮目相看，如果可以的話我眞想拍拍你的背。」女孩眼睛轉向她上石膏的手臂。

「如果我看得到你的話，我也想拍拍你的背。」羅賓那被繃帶蒙住眼的臉龐笑了起來。

「那就得由我來拍囉！」喬治說完拍了湯姆四下。「我們一人一下。」

「我們只有三個人！」安柏糾正他。

「對不起，數學不是我的強項。」喬治回答。

「所以現在我是午夜幫正式會員了嗎？」湯姆充滿希望地問。「經過今晚

的考驗，我的試用期通過了吧？」

電梯裡陷入一片寂靜。

「請讓我們討論一下。」安柏說。

他們三個就擠在電梯一角竊竊私語，湯姆就像個局外人似的站在一旁。

「經過午夜幫會議討論，」安柏慢慢宣布，「委員會決議……」

「通過！」喬治說。

讓喬治把話搶了，安柏看起來不太高興。

「我想讓他等耶！」她抗議。

「謝謝你們！」湯姆說，他高興得想跳起舞來。在學校，湯姆一直覺得自己像個邊緣人。他不是打橄欖球的那群，也不是酷酷的那群，更不是飛車黨那群，而現在他竟躋身於最刺激的團體之中——午夜幫。「我實在太、太高興了。」

「會員費一年四萬塊錢，現金交給我。」羅賓說。

湯姆一時之間有些困惑，不過當他看到羅賓做的鬼臉的時候，就知道他是開玩笑的。

「我從來沒繳過耶。」喬治很擔心，顯然沒聽懂這個玩笑。

「沒關係，你明天一大早給我就可以。」羅賓回應。

「但是我根本沒有四萬塊啊！」喬治抗議。

「笨蛋！他是開玩笑的！」安柏說。「不過，你得宣誓。」

「是非常嚴肅的誓約，」羅賓說。「宣誓對午夜幫效忠。」

「現在跟著我唸，」安柏說。「我宣誓……」

「我宣誓……」喬治跟著唸。

「喬治，不是你！你早就是會員了。」

「喔，對齁。」喬治回答。

「我宣誓……」湯姆跟著唸。

「我會將幫中弟兄姊妹的需求置於個人需求之前……」安柏繼續說。

「我會將幫中弟兄姊妹的需求置於個人需求之前……」

「保守午夜幫的祕密直到永遠。」
「保守午夜幫的祕密直到永遠。」

叮！

到了四十四樓，電梯門打開。
「恭喜！」安柏說。「湯姆，你已經是午夜幫正式會員了。」

21 黑暗中的聲音

電梯門到醫院頂樓一打開，他們四個都噤若寒蟬。前往兒童病房的路上，他們知道要保持絕對安靜。梅春很快就要醒來了，如果她還沒發現的話。

在一片死寂的夜晚，一點小動靜都顯得震耳欲聾。

通往兒童病房的那扇對開大門打開時，**匡啷一聲**。

湯姆的光腳丫在光滑地板上走，**吧唧作響**。

穿著皮拖鞋的羅賓，每走一步都啾啾地響。

輪椅扁平的輪胎走過時，發出**刮擦聲**。

湯姆推著安柏，發出**厚重的**喘息聲。

喬治還洋洋自得地**哼著**曲調。

「噓！」安柏制止。「我們要保持安靜！」

「對不起！」

兒童病房一片漆黑，僅有的光線是從病房另一端梅春的辦公室、以及窗外大笨鐘的鐘面投射進來的。

午夜幫看到梅春還在辦公室裡呼呼大睡，都鬆了一口氣。

「ZZZz，ZZZz，ZZZz，ZZZzz……」

她還趴在桌上，湯姆靠近檢視，發現她的嘴唇沾滿巧克力，桌上還有一攤巧克力是從她嘴角流下的。看到她這樣威嚴盡失的模樣，湯姆不禁笑了起來。然後，爲了不吵醒她，湯姆躡手躡腳地走回自己的床位。

「拜託，你們這些男生，先幫我弄好！」安柏命令。女孩指揮著這三個男孩，讓他們把她從輪椅上抬起來，再挪到床上。

然而，就在他們把她抬起來的時候，一個聲音從黑暗中傳來：「你們這麼晚去哪裡了？」

驚嚇之餘，男孩們把安柏摔到地上。

「唉呦喂呀！」女孩哀號。

22 噴得滿臉鼻涕

「我問你們這麼晚去哪裡了？」

是莎莉。

這個皮膚蒼白又光頭的小女孩，還躺在兒童病房最角落的那個床位上。再一次地，當其他孩子都去冒險的時候，她獨自一人被留在病房。

「哪兒都沒去！」安柏簡短回答。雖然被男孩們摔到地上再抬回床上，她依舊很聰明。

「你們不可能哪兒都沒去，」莎莉回答。「你們一定去哪裡了。」

「趕快睡覺！」安柏用氣音說。

「不要！」莎莉回答。「湯姆承諾過我，要告訴我你們夜晚所有的冒險行動。湯姆，對吧？」

所有的孩子都轉向湯姆，他正要鑽進被子裡。

「呃……」湯姆說。他在被子裡面，扭來扭去、輾轉反側。

他再清楚也不過，其他三個孩子都不想讓午夜幫的祕密跟圈外人分享。他猶豫著，心裡感覺很難受。他才剛宣誓過，但是想到莎莉老是半夜落單被留在病房裡，他就心痛不已。但是，他覺得自己也是無可奈何。

「我沒有承諾過什麼。」他回答。隨即，他深深感受到一股說謊的羞愧感。

「你有！」莎莉的嗓音沙啞，這女孩愈來愈不開心。「今晚，就在午夜開始時，我要湯姆帶我一起去，他說不行。但我要他承諾，之後他得告訴我所有的事。」

「湯姆，你有嗎？」喬治問。

湯姆猶豫了一下，然後回答，「沒有。」

「你有！」莎莉抗議。

「我沒有！」

「你有，有，有，有，有！」

「拜託安靜！」安柏請求他們。

「我不要！」莎莉回答。這樣嬌小的女孩，聲音卻很大。「除非你們告訴我，今天晚上到底發生什麼事。我看到你們每晚都偷偷跑出去，你們必須告訴我，你們都做些什麼了！」

「拜託，莎莉，趕快睡覺，」安柏說。「如果被梅春發現，我們就都倒大楣了。」

「不要——！」莎莉吼回去。

突然間，梅春停止打呼，這下一定把她吵醒了。

「ZZZz，ZZZZz，ZZ——」

從隔開病房跟梅春辦公室的那層玻璃，孩子們看到那女士搖搖晃晃地站起來。她的頭髮豎了起來，臉上的妝都糊了，看起來像是趴在地上被拖過樹籬的小丑。她又晃了兩下站穩腳步，才穿過門口走向病房。所有孩子都像雕像般躺在床上，幾乎連大氣都不敢呼一聲，這樣出奇的安靜讓這一切顯得更可疑。

「我知道你們這些令人討厭的小野獸都心懷不軌，」梅春嘶吼。「或許你們這次躲過了，但我告訴你們，我的眼睛會牢牢地盯著你們每一個人。」

她在每個床位之間走來走去，把臉湊近每一個小孩。當她靠近湯姆時，她身上濃烈的香水味讓湯姆的鼻子癢得不得了。一時之間，他感覺就要打出噴嚏了；但一下子，那感覺又緩解了；不過最後，那種感覺又鋪天蓋地席捲而來。

「哈——啾——！」

男孩噴了梅春滿臉鼻涕。

湯姆嚇得不敢睜開眼睛，不用想梅春的臉上一定掛滿了冰柱般的鼻涕。他只能緊閉雙眼，假裝他的噴嚏沒把自己吵醒。

被這樣的超級大噴嚏噴得滿臉，梅春覺得噁心極了，她以最快的速度衝回辦公室。一到辦公室，她趕緊戴上透明橡膠手套，用殺菌紙巾一次次地把鼻涕從臉上擦掉。就這樣擦了好一陣子，她才覺得放心。然後，爲了慰勞自己，梅春又吃了一顆巧克力。她馬上覺得眼皮沉重，接著又睡著了。當巧克力裡的那顆特殊安眠藥藥效發作時，梅春的頭又碰地一聲撞上桌子。

「ZZZZz，ZZZZz，ZZZz，ZZ——」

「做得好，新來的！」安柏對湯姆說。

「不過都是你的錯，你幹嘛承諾莎莉，要告訴她所有的事？」

「我沒有承諾任何事。」湯姆說謊說得難以收拾了。他每說一次，就覺得有一部分的自己死了。

「現在這都不重要！」喬治小聲說。

「重要的是，今晚一個字都不要再說了，梅春盯上我們了！聽到了嗎？」

「是，親愛的，聽到了，」羅賓說。

「現在你也保持安靜！」

「別蠢了，羅賓。就叫你別說話，趕快去睡覺！」

「我很想睡覺！只要你別再叫我去睡覺，保持安靜，我就睡了！」

「你們兩個笨蛋可不可以閉嘴，立刻去睡！」安柏用氣音說。

從那之後，他們沒有再說一句話。

23 炸水獺

「早餐！孩子們起床，起床，起床，早餐時間到了！」

清晨，湯姆和病房裡所有的孩子都被這種叫聲吵醒，他們才剛上床睡了幾個小時而已。

梅春驚醒，一張巧克力包裝紙還黏在額頭上。

「什麼，什麼，這是怎麼回事？」梅春大叫。顯然她搞不清楚現在是白天還是夜晚，或者是夢是醒。

塗琪是醫院的送餐小姐，是個頂著非洲黑人頭、掛著燦爛笑容的開心胖女士。塗琪一如往常地推著餐車過來。

「喔不，是妳！」塗琪進來時，梅春對她大叫。

「沒錯，是我，塗琪！」這女士開心地回答。「梅春，妳不是值班的時候又睡著了吧！」

現在大部分的孩子都在床上坐了起來。塗琪總是有辦法讓孩子們開心，尤其是讓他們看到她跟魔頭梅春對抗的樣子。

「沒有，沒有，沒有的事！」梅春說謊。「我當然沒睡著。」

「那妳剛剛在做什麼？」塗琪繼續追問。

「嗯，我，呃，我剛才在桌上塡表格，呃……上頭的字非常小，我只好把我的臉貼得很近！好，現在妳趕快送早餐給孩子們吧！」

「好的，當然，梅春！」

就在梅春忙著在鏡子前整理儀容時，塗琪則推著餐車走到湯姆床邊。

「早安……」塗琪試著讀床位上方黑板上寫的名字，所以她把掛在捲捲頭髮上的眼鏡拉下來。

「湯瑪士！早安，早安，你早安啊！」

湯姆不懂，她爲什麼要把早安說那麼多次，不過他不自覺地笑了起來。這

女士講話聽起來好像在唱歌一樣。

「早安！」湯姆說。

「早安，早安，你早安啊！」她回應。

湯姆不自覺又說了一次，「早安！」

「早安！真是多麼美好的早晨。你們大家早安！現在，湯瑪士，你早上想吃點什麼？」

「妳有什麼？」湯姆問。

「什麼都有！」塗琪回答。

「什麼都有？」男孩心想，這難道是真的！

「什麼都有！」她自信得回答。

其他孩子都咯咯笑了起來，這是湯姆在這家醫院的頭一個早晨，顯然大家知道一些他不曉得的事。

湯姆寄宿學校的伙食非常糟糕，儘管學費貴得嚇人，學校的伙食似乎從百年前創校開始到現在都沒變過。

一週典型的菜單如下：

星期一

早餐
稀飯
午餐
水煮腰子
晚餐
小牛頭湯

星期二

早餐

豬蹄烤土司

午餐

豬油三明治

晚餐

燉羊舌

星期三

早餐

燉羊舌隔夜菜

午餐

鴿子湯

晚餐

煮鱔魚

星期四

早餐

雜碎

午餐

燉天鵝脖子

晚餐

甜菜根肉汁烤獾

星期五

早餐

麻雀蛋烤土司

午餐

蕁麻燉湯

晚餐

炸水獺

星期六

早餐

蟾蜍烤土司

午餐

馬蹄，水煮白菜吃到飽

晚餐

煙燻田鼠

星期日

早餐

一顆生洋蔥

午餐

烤鼴鼠附雜碎，餐後點心骨髓凍

晚餐

甘藍菜苗大驚喜（所謂的驚喜就是，晚餐就這麼一盤菜苗）

早餐什麼都有，這當然讓湯姆太高興了。他跟塗琪點餐的時候，忍不住開始流口水。

「熱巧克力——喔，上頭要擠上鮮奶油，旁邊還要附上棉花糖；熱奶油可頌——呃，要兩個熱奶油可頌；香蕉馬芬；荷包蛋搭配培根和香腸——拜託兩根香腸，嗯，其實是要三根香腸，旁邊還要附沾醬；最後我還想要藍莓鬆餅加楓糖，拜託！謝謝妳！喔，麻煩再多加一根香腸。」

這將是最好吃的早餐，不過爲什麼病房裡所有其他的孩子都開始笑了起來？

「哈！哈！哈！哈！哈！哈！」

24 早上非常好

塗琪以一個問題回應湯姆，「土司還是玉米片？」

「可是塗琪，妳不是說什麼都有！」湯姆疑惑得問。

「是，我是這樣說沒錯，湯瑪士。但事實上**范爺醫院**的預算大幅縮減，新任院長從病人的伙食上刪掉許多預算。所以現在除非必要，沒人想在這裡多住一秒鐘。」

「不想，當然不想。」湯姆回應。

「根據我在這裡工作三十年的經驗，讓病人以爲早餐什麼都有，他們會比較快樂。」

「但是他們又吃不到。」湯姆說。

塗琪搖搖頭嘆了一口氣，這新來的男孩還是搞不懂。「只要病人有土司和玉米片可以選，那麼他們還是可以相信想要什麼就會有什麼。他們會忘記自己身處一間早就該被拆掉的破舊醫院，感覺好像住在麗緻酒店一樣！」

湯姆笑了，他現在完全懂了，也打算跟著這樣玩下去。「喔，謝謝妳，塗琪。妳知道嗎，我今天早上只要一片土司就好了。」

「土司剛好都沒了。」

「那麼就玉米片！」湯姆說。「反正我本來就想選玉米片。」

男孩一點也不介意，他其實蠻喜歡玉米片的。

「我喜歡玉米片加牛奶。」男孩充滿期待。

「還是你想要加鮮奶油？」

「喔好啊！」

「眞可惜我沒有鮮奶油。」

「那牛奶就好了。」

「我也沒有牛奶，你吃過玉米片加冷茶嗎？」塗琪問。

如果你在食譜上看到這樣的吃法，那可一點也不吸引人；但是被這女士用歌唱的語調這麼一介

紹，讓玉米片加冷茶聽起來特別可口。

塗琪以超級大廚的姿態，手腕輕輕一彈，玉米片就從盒子倒到一個有缺口的綠色碗裡。然後把茶壺提得超高，輕輕一倒，深咖啡色的液體就從壺口流進碗裡，把湯姆的床單濺得到處都是。

「湯瑪士，請用！希望你有一個美好的早晨！早安！」

「早安。」

「早安。」塗琪又再說一次。

「早安。」湯姆又說一次。

「早安。」

「早安。」

如果他們其中沒有人停的話，他們就會這樣互道早安一直到天荒地老。湯姆一定要結束這樣的循環，所以他選擇說：「謝謝妳。」

「不，謝謝你。」塗琪說。

「謝謝妳。」

「不，謝謝你！」

「謝謝妳。」

「不，謝謝你！」

又開始了！所以男孩點頭不再說話。塗琪也點點頭，然後走向安柏的床邊。

「早安，安柏，今天早上想來點什麼？」這女士問。

「早安，塗琪！」

「早安啊！」

「拜託，我們不要一整個早上都耗在互道早安。今天要來點別的，我不要新鮮現榨柳橙汁、黑莓香草蜂蜜優格、堅果鬆餅配鮮奶油淋巧克力醬。」

「妳確定？」塗琪問。

「非常確定，我今天非常想吃玉米片加上……我想想……冷茶！」

「馬上來，安柏！」

就在湯姆假裝非常喜歡這特別早餐時，他發現塗琪靠在安柏耳邊說悄悄話。

「他們在冷凍庫發現小孩的腳印和輪椅的軌跡……」

「**什麼？**」安柏問。

「醫院的院長史崔勒先生今天早上還到下面去檢查。」

「喔，那不是我們！」安柏說謊，她顯得有些緊張。

「親愛的，我沒那麼說。不過不是你們的話，會是誰呢？」

「我不知道！」女孩防衛地回答。

「聽著，我不知道你們這些小孩入夜後到底在做什麼。不過，從現在開始要非常小心。」

「謝謝妳，塗琪。」

「不，謝謝妳，安柏。」

「不，謝謝妳。」

「不，謝謝妳。」

「喔天啊，女士！**拜託**我可以吃早餐了嗎？**現在！**」羅賓不耐煩地抱怨。「我**餓死了！**」

「喔，當然，羅賓！」塗琪一邊回答一邊倒給他一碗乾的玉米片。她的冷茶已經用完了。喬治的早餐也一樣，這使得他**悶悶不樂**的。

接著塗琪走到莎莉旁邊，從她工作服底下掏出一個白色小紙袋。「不要告訴別人，」塗琪小聲地說。「我在上班的路上，幫妳買了一塊糖霜麵包。」

「塗琪，謝謝妳。」莎莉低聲地說。「湯姆，你要來一半嗎？」

湯姆非常感動。「不，謝謝。妳吃吧，妳要趕快恢復元氣。」

「可以給我一半！」喬治說。「不介意的話，其實，我可以吃大的那一半！」

「麵包讓莎莉自己吃！」湯姆說。

「沒關係啦。」莎莉回應。

這時女孩把麵包剝成兩半，喬治立刻從床上跳起來。

「給你——」莎莉話都還沒說完，他就已經把那一半糖霜麵包從她手裡拿走，一口氣吞到肚子裡去。

「謝謝，莎莉。」他說。「我隨時都可以幫忙喔。」

湯姆笑了笑，然後眼光轉向梅春辦公室。她正在講電話，不知和誰講得非常投入。「安柏，剛才塗琪跟妳說什麼？」他問。

「他們知道有人去了冷凍庫。」女孩回答。

「怎麼會這樣？」湯姆問。

「腳印、輪椅的痕跡，他們盯上我們了……」

「你們兩個在密謀什麼？」梅春質問。她是怎麼來的，孩子們根本沒看到，就這樣突然出現在他們床前。

「沒什麼，梅春。」安柏回答。

「對，絕對什麼事都沒有。」湯姆接著說。

梅春盯著他們的臉，想看看有沒有任何說謊的跡象；湯姆感覺到自己的臉

張得通紅。

「我不相信你們！」梅春嘶吼。「我知道你們這些壞小孩正在圖謀不軌！」

25 這孩子話太多了

「我們什麼都沒做，梅春。如果有的話，我的意思是其實根本沒有，一定會被妳逮到的。反正就沒有，好嗎？」喬治說。

梅春直直地盯著他的眼睛，顯然一點也不相信。「我覺得這孩子話太多了。我剛剛才跟院長本人，昆丁．史崔勒先生通過電話。他氣得快要**冒煙**了！他說有三個小腳的病人半夜去了冷凍庫，而且還發現輪椅的軌跡。我知道就是你們，不是你們還會是誰呢？現在你們這些邪惡的小鬼還不承認嗎？」

所有的孩子都悶不吭聲，沒有人知道該怎麼讓自己脫罪。

突然有個聲音從病房的角落傳來，「我整夜都醒著，梅春。」是莎莉的聲音。「昨晚大家都在睡覺，所以不可能是他們！」

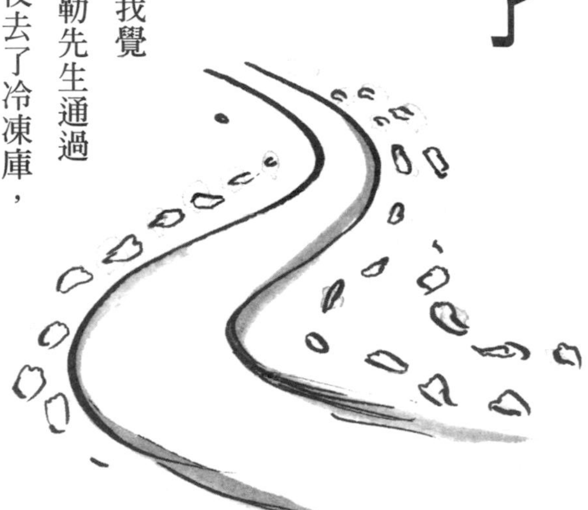

「妳發誓！」梅春要求。

「我發誓，梅春！」莎莉把她的手放在胸前，「我以寵物倉鼠的生命發誓！」

「嗯，」梅春沉吟了一會兒，莎莉這樣的舉動阻擋了她的攻勢。「好吧，你們記住，我的眼睛一直盯著你們每一個。現在，湯姆……」

「是，梅春？」男孩嚇得發抖。

「五分鐘之後你要被帶到X光檢查室，他們要檢查你頭上的腫包。幸運的話，午餐以前你就可以出院。」

「好的，梅春。」湯姆回答。

接著這女人轉身走回她的辦公室。

湯姆難過地躺回床上，現在他非常不想離開醫院的新朋友。這是他這輩子第一次有歸屬感。他的父母因工作關係長年在國外，他覺得自己根本沒有家。一想到在聖威利寄宿學校的日子，湯姆就覺得自己像被監禁一樣，在那裡簡直度日如年，他甚至以爲自己這輩子就這樣廢了。

湯姆覺得自己跟病房裡所有的孩子都很親，特別是那個角落裡的小女孩，

她最特別。

「莎莉，謝謝妳幫我們度過這一關。」湯姆說。

「不客氣，我很樂意這麼做。」女孩回應。

「我很難過，妳竟然還拿妳倉鼠的生命發誓。」

「沒關係啦，」女孩說。**「我根本沒養倉鼠。」**

湯姆和莎莉都笑了。

26 池塘的滋味

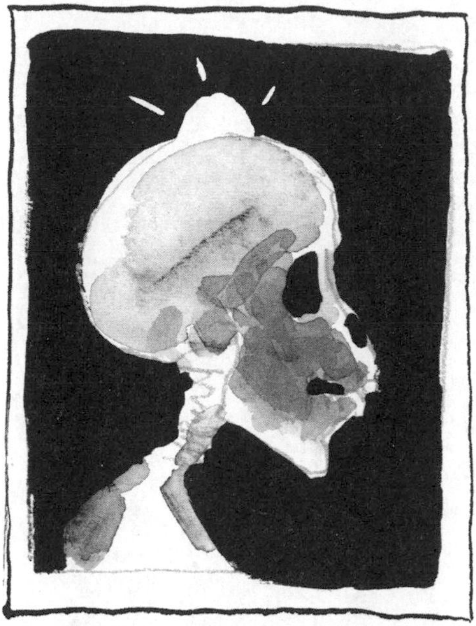

「天大的好消息！」拉普醫生大叫。「你完全沒問題了！」

「那眞是太棒了。」湯姆無精打采地回答。

這兩個人正在X光檢查室裡。拉普醫生拿一張奇怪的黑白投影片，放在燈下給男孩看他的頭部顯影。

「所以你現在看到的這凸起就是你頭上的腫塊，」年輕醫生開始解說。「不過我們再看頭的內部……」

拉普醫生拿起一支鉛筆指著

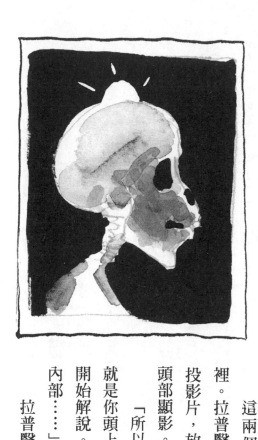

灰色部分，也就是男孩的頭腦。

「……我們並沒發現任何陰影，也就是說你並沒有任何內出血的現象。」

「你確定嗎？醫生。」男孩抱著一些希望。

「當然，這是天大的好消息，你沒有必要再留在這裡了。」

「沒有必要？」

「是這樣子沒錯啊！意思就是你可以立刻回學校了。」

「喔！」湯姆低下頭，悶聲不語。

拉普覺得很奇怪，這孩子怎麼會因爲可以離開而悶悶不樂。正常情況下，病人都想著愈早離開**范爺醫院**愈好。

「湯姆，你怎麼了？」他問。

「沒什麼，只是……」

「只是什麼？」

「嗯，我在病房裡交到了一些非常好的朋友。」

「那你離開前要記得跟他們要地址，你們可以當筆友。」

筆友聽起來很無聊，湯姆渴望有更多冒險。

「我會叫梅春立刻打電話給你們校長，讓他儘快安排接你回學校的事。」

湯姆明白了，如果他想留下來跟新朋友再冒險一次，他必須腦筋動快點。

「我覺得超級熱，醫生！」他叫著。在學校的時候，如果體溫太高就可以到醫務室躺著，不用上課。這招在週三下午上進階數學課時特別管用。湯姆還看過一個男孩把體溫計放到電熱器偽裝生病。

「你確定嗎？」拉普問。他摸摸男孩的額頭，覺得不太像。

「確定！我都快要燒起來了，醫生！」男孩說謊。**「熱得比燙嘴的熱茶都還要熱！」**

拉普從口袋裡拿出一支體溫計放進男孩的嘴巴。男孩這時需要轉移他的注意力。

「醫生，我想要喝杯水……」他含著體溫計含糊地說。「**趕快**！我熱得要命，感覺好像就要自體燃燒起來了。」

「喔，我的天啊！」拉普回應，語氣顯得非常慌張。就在他急得像隻被困住的鳥在X光室裡繞來繞去時，湯姆快速地把體溫計從嘴裡拿出來，放到炙熱的電燈泡旁，溫度立刻竄高了。然後男孩很快地又把體溫計放回嘴裡，過程中還不小心把舌頭燙了一下。

拉普總算找到了一個花瓶，「我找不到杯子，恐怕，這是我現在唯一能做的。」

拉普把男孩嘴裡的體溫計抽出來，拿掉花瓶裡的花。瓶子裡的水綠綠的，還有上下起伏的棕色漂浮物。

「要全部喝完！」拉普命令。

男孩心不甘情不願地一點一點啜飲這腐臭液體。

「拜託，大口一點！」拉普說，「一滴都別剩！」

湯姆閉上眼睛，咕嚕咕嚕全部喝

完，有池塘的味道！同時，拉普醫生驚恐得讀著體溫計顯示的刻度。

「喔！不會吧！」

「什麼？」湯姆問。

「這麼高的體溫已經打破人類紀錄的極限了！」

湯姆擔心他可能做得太超過了。「我這樣能得什麼獎嗎？醫生。」他問。

「不能！不過我們得把你留在醫院裡，等到體溫恢復正常爲止。」

拉普拿出一個病歷表，開始記錄。

「你有頭痛嗎？」

「唉唷，有。」

「發燒？」

「有！我快要燒起來了！」

「冷汗？」

「有，我突然間發冷。」

「關節疼痛？」

「啊唷，有。」

「視力模糊？」

「有，不過，對不起，現在是誰在說話？」

「喉嚨很乾？」

「現在很難回答，我的喉嚨很乾。」

「極度疲勞？」

「我沒有力氣回答。」

「聽覺障礙？」

「對不起，你可以再說一遍嗎？」

「看到水有痛苦的反應？」

「會，我走過魚缸的時候會痛。」

「猶豫不決？」

「是也不是。醫生，你說的症狀我都有！」

拉普全身冒冷汗，慌張得聲音都啞了。「喔我的天啊！我的天啊！我的老天爺啊！你還活著眞是奇蹟。我們必須做上百種檢查，心臟檢查、血液檢查、腦部檢查。我們得把這裡所有的檢查都做了，然後再把你送回兒童病房！」

湯姆並沒有大聲地回應，不過他已經在心裡高喊，**太棒了！**

「**護士！護士！**」醫生大喊，看起來一副快要昏倒的樣子。密絲護士，湯姆剛進醫院時就見過她，衝進X光檢查室。

「現在是怎樣，醫生？」

「緊急情況！這孩子需要做檢查，馬上！」

「什麼檢查？」

「所有的檢查！所有的檢查！所有妳想得到的！**現在！立刻！馬上！**」拉普急得不得了。「拿兩張推床來！」

「爲什麼需要兩張？」密絲質問。

「因爲我快要昏倒了！」

27
飛

在等待拉普醫生指示的那一長串檢查的結果時，湯姆在梅春的嚴格看管下必須臥床。男孩的體溫超高，因此在任何情況下他都不准下床。首先，**范爺醫院**的醫生們必須先搞清楚他到底是怎麼了。至於拉普，這個剛畢業的醫生，經歷這樣的恐慌之後就昏過去了。他來醫院還不到一個禮拜，就從醫生變成病人了。

湯姆一回到他的床位，莎莉就轉過來對他說，「所以怎麼樣，湯姆，告訴我……」

「告訴妳什麼？」

「……你們昨晚做了什麼？」

湯姆猶豫著，「恐怕我不能告訴妳。」他說。

「但是你答應過。」

「我知道，我知道，我知道。聽著，我很抱歉，莎莉，但他們要我保守祕密。」

「什麼事情要保守祕密？」

「就是祕密的事。」

「什麼祕密的事？」

「呃，如果我告訴妳，那就不是祕密了。」

「好吧，」女孩回應，她顯然還是沒有放棄。「你們昨晚在冷凍庫裡做什麼？」

安柏一定是聽到他們的對話了，她加進來說，「拜託，莎莉，大人已經盯上我們，連醫院院長都驚動了。所以，聽著，愈少人知道愈好。如果妳知道了，妳也會惹上麻煩。」

「但是我喜歡惹上麻煩！我討厭你們都出去玩，只有我一個人留在病房。」

「妳不要知道比較好。」安柏回應。

「我不會告訴任何人的，」莎莉乞求。「昨天晚上我還掩護你們，還記得吧？」

「是，是，謝謝妳，」安柏說。「今天晚上可能還需要妳再掩護我們一次。」

「我們今晚還要再出去嗎？」湯姆問，他簡直不敢相信他們甘願冒這樣的風險。

「對！」病房另外一邊的喬治往嘴裡塞了一顆巧克力。「今晚換我了！」

「你要做什麼？」湯姆問。

「飛啊？」喬治回答。

「喔，拜託不要！」羅賓說。

「你說『喔，拜託不要！』是什麼意思？」喬治質疑。

梅春一定是聽到動靜了，她從辦公室裡衝了出來。

「現在是怎樣？」她質問。

「沒什麼，梅春！」安柏回答。「一點事都沒有。」

「真的嗎？真的沒事嗎？看來這病房裡住了一群愛撒謊的討厭鬼。現在，我要下班了，等一下密絲護士會過來值班值到晚上，然後我會再回來。如果你們搞鬼，讓密絲護士跟我告狀的話，我就要把你們趕出這裡，一個個送到不同的醫院去。你們聽懂了嗎？」

「聽懂了，梅春。」孩子們異口同聲地回答。

「很好，」梅春沉吟一會兒。「莎莉，妳待會要下去治療。」

「我一定要嗎？」女孩問。

「笨蛋！」梅春怒斥。「當然一定要！要不然妳以爲妳來醫院是做什麼的？來玩的嗎？」

「不是，梅春。」女孩回答。

就在這個時候，病房的房門很用力地被推開，密絲護士走進來說，「早啊，梅春。早啊，孩子們。」

「早安，密絲護士。」孩子們同聲回應。

「早，密絲。」梅春說。

「湯瑪士，你現在的體溫怎麼樣啊？」護士問。從她的語氣聽來，她似乎懷疑男孩造假。她比新來的年輕醫生拉普有經驗多了，不太容易被唬弄。

「還是很高，護士。」湯姆回答。

「這男孩不准下床，」梅春說。**「不管怎麼樣都不行！」**

「好的，梅春。交給我，沒問題的。」密絲說這話的時候，還懷疑地盯著湯姆。

28 不可能的夢想

午後，午夜幫開始規劃他們夜晚的冒險行動。喬治想飛，這得花點腦筋思考。尤其是在整個醫院高層似乎都在盯著他們的時候。

現在，莎莉在樓下接受特殊治療，密絲護士坐在梅春的辦公室裡，孩子們則開始籌劃。

范爺醫院的兒童病房有一些破舊的桌遊。《蛇與梯子》遊戲組缺了骰子、可愛白貓玩球的拼圖缺了好幾片；手術玩具組沒有電池，所以病人的鼻子永遠無法被照亮。

湯姆、安柏、喬治和羅賓都假裝在拼拼圖，其實他們是在低聲討論今晚的冒險行動。

「或許我們可以用床單和窗簾的桿子做一個滑翔器？」羅賓提議。「搬運工可以幫我們組裝起來。」

「但是要從哪裡起飛？」安柏回應。「醫院裡沒有夠高的地方。」

「樓梯間的天井那裡，」羅賓說。「這醫院有四十四層樓，這樣就夠高。」

「呃，對不起喔，」喬治說，「我想飛，但我可不想死！」

「你會有滑翔器啊。」羅賓回應。

「嗯，我會有一些床單跟桿子綁在身上，但這完全不一樣！」喬治說這話的時候有一點大聲。

所有的目光都轉向辦公室，不過密絲護士正埋首處理文書作業。

「嗯，或許你根本不應該有這種根本達不到的夢想！」安柏說。

「可是這一直是我的夢想啊，我討厭自己這麼胖。」喬治拍拍自己的大肚皮，他的肚皮就像果凍一樣搖晃了好幾下。「我很想感受一下什麼叫做輕如鴻毛。」

湯姆一邊聽，一邊想辦法。他把一塊拼圖放進面前的拼圖板裡，答案突然出現在眼前。

「氣球！」他說。

「什麼?」喬治問。

「我們不要從上面飛下來,我們從下面飄上去!」湯姆說。

「新來的,拜託解釋一下好嗎。」安柏說。

「你知道,有時在生日派對上會有一種飄浮的氣球?」湯姆開始解釋,語氣充滿興奮,大家邊聽邊點頭。

「嗯,如果我們能收集到夠多的氣球,喬治就可以從樓梯間的一樓飄到頂樓!」

喬治笑了起來。「湯姆！這個點子我喜歡！」

「英國有那麼多氣球嗎？」羅賓問。

「還眞是好問題！」喬治回答。

「我敢說醫院裡一定有很多，」湯姆回答。「病人的病床旁邊常常會綁著氣球，我們這裡就有一個！」

他的眼光朝莎莉的病床看去。一顆快頂到天花板的氣球孤伶伶地飄著，上頭還寫著「早日康復」。

「我這個主意眞好啊！」安柏說。這女孩顯然想找回主導地位，不讓這新來的男孩搶了鋒頭。

「什麼？」湯姆抗議。

「我才剛要建議用氣球，就被你先說了。」她撒謊。

「是喔！是喔！」湯姆說。

「哎呀，小姐們！不要吵架！」羅賓開玩笑地說。

「我相信醫院裡有上百個氣球，」喬治興奮得說。「一樓大廳的禮品部就有好多在拍賣，我溜去買巧克力的時候看見了。我們只要去偷，就有了！」

「是**去借**！」湯姆說。

「對，他說得沒錯，」羅賓附和，「是用**借的**，這比偷好聽多了。」

「只要我們『借』得夠多，」喬治說，「我就可以從樓梯間的天井飄到頂樓，我終於可以飛上天了！」

一想到這裡，喬治的臉上散發出喜悅的光芒。「這計畫簡單又聰明，我們去告訴我們的夥伴搬運工吧！」

現在孩子們要做的就是，到醫院的各個角落去偷好幾百個氣球，而且不能被抓到。

29 氣球、氣球、更多氣球

夜幕降臨，行動就要開始。

梅春回來值晚班了。孩子們看起來很乖，整天都在拼拼圖，所以密絲護士沒什麼好告狀的。

梅春又再度沒收了喬治私藏的另一罐巧克力，從那之後她再也沒出現在兒童病房。那罐巧克力還是書報攤老闆拉吉送給喬治的。她一回到辦公室就開始狂吃她最愛的紫色包裝巧克力。再一次地，喬治又把他的特效安眠藥塞進每一顆紫色巧克力裡。沒過幾分鐘梅春又開始打呼，那聲音跟大象的鼾聲一樣響亮。

ZZZZ—ZZZZ，ZZZZ—ZZZZ，ZZZZ—ZZZZ！

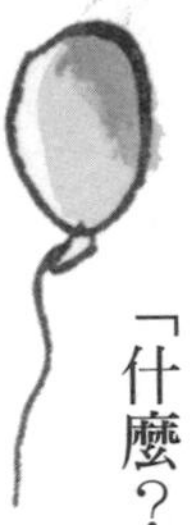

計畫的這一部分總是能完美執行。

現在午夜幫開始要去把醫院裡的每一個氣球都弄到手，他們需要氣球、氣球、更多氣球。

他們一共分成三組。

第一組是安柏和羅賓，他們要一路互相幫助、彼此掩護，負責的樓層是兒童病房所在的**范爺醫院**頂樓到醫院三十樓。

第二組是喬治，他單獨行動，負責的樓層是二十九樓到十六樓。

第三組是湯姆和搬運工，他們的工作最危險，要收集從十五到一樓的所有氣球，還包括禮品店，那裡有一大堆充好氣的氣球在打折拍賣。

就在大笨鐘敲響午夜第十二下鐘聲時，男孩們全都起床，把安柏從床上抬下來放到輪椅上。然後湯姆和喬治躡手躡腳地從房門走出去。

「我們要偷的第一顆氣球就在你左邊。」安柏用氣音對羅賓說。

雖然羅賓看不到，但他知道安柏指的是莎莉床邊綁著的那顆。

「安柏！拜託！」羅賓小聲地說。

「什麼？」她問。

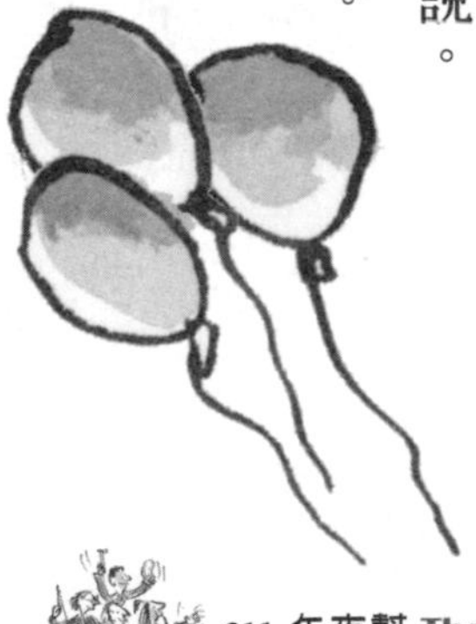

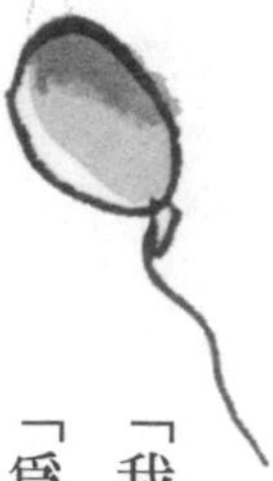

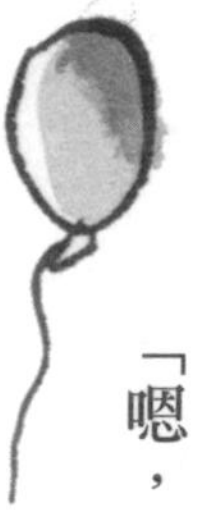

「我知道妳自認爲是午夜幫的領袖，但是我們不能拿莎莉的氣球！」

「爲什麼不能？」

「就是因爲不能！」

「羅賓！我們必須盡可能收集、愈多愈好，現在立刻把我推到她床邊！」

「不要！」

「馬上！」

黑暗中傳來聲音，「沒關係，你們拿去吧。」

「莎莉？」安柏問。

「是的，我不介意。你們要氣球做什麼？又是另一場冒險？」

羅賓把安柏推到小女孩床邊，莎莉看起來比以前更虛弱了。雖然治療是爲了讓病情好轉，但莎莉的治療卻會讓她虛弱好一陣子。她今晚看起來特別蒼白。

「我們只是要『借』氣球。」安柏回答。

「拿吧，我不需要，這氣球也不過是整天在那裡飄來飄去罷了。」

「嗯，謝謝妳，莎莉，妳人眞好，」羅賓說。「現在把我的手引導到繩子

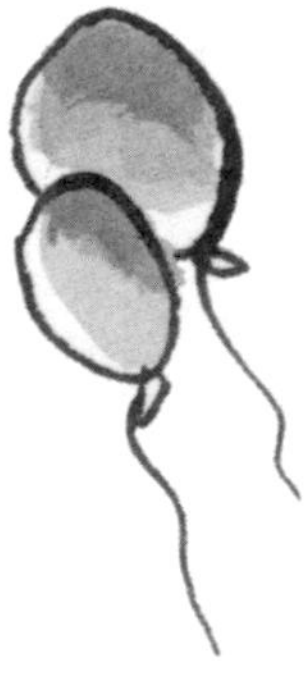

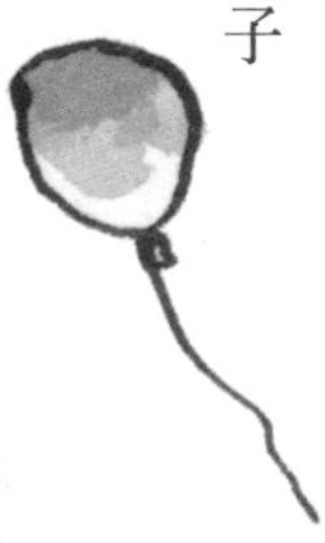

早日康復
莎莉

那裡，我就可以把它解下來。」

安柏在一旁看著，莎莉把男孩的手牽到繩子那裡，但她並沒有放手。

「帶我跟你們一起去。」莎莉說。

羅賓開始解開氣球的繩子。

「很抱歉，莎莉，」安柏說，「恐怕妳不能跟我們一起去。」

「爲什麼不行？」女孩問。

「好吧，如果妳一定要知道的話。我們有一個祕密組織，但已經額滿了，現在並沒打算招收新成員。」

「可是你們讓湯姆加入了！」莎莉抗議，這女孩說得有理。「他才剛來一個晚上，就可以跟你們一起去冒險了。」

「呃，妳知道……」安柏在找尋合適的措辭。「這是不一樣的。」

「爲什麼？」女孩質問。

「因爲……因爲……因爲……妳一定要知道的話，莎莉，妳會拖累我們的！」安柏回答。

聽到這話，一行眼淚從莎莉臉頰撲簌簌地滾下來。

看到她哭，安柏也想哭了。光看到莎莉就夠心酸的了，光頭和蒼白的皮膚讓她看起來像是一件瓷器，一件讓人需要小心呵護的瓷器。

「對不起，」安柏說。「我很想抱抱妳，但我沒辦法，妳看我的手腳都上了石膏。」

羅賓，尖酸刻薄的外表下隱藏著非常溫柔的一面，他輕撫著莎莉的頭。

「我了解，」莎莉說。「我已經習慣總是獨自一個人了。自從我得了這種病，就被限制不能做這個、不能做那個。但是整天躺在床上是非常無聊的，我多麼想再成爲一個正常的小女孩，可以開心地玩。」她嘆了一口氣，「請帶著我的氣球，去經歷一場最精彩的冒險吧，不管那是什麼。不過請答應我一件事……」

「任何事都可以。」安柏回答。

「……下一場冒險，請帶上我，拜託？我會強壯起來的，我知道我會，我承諾。」

安柏笑了笑，但什麼都沒有說，她不想給這女孩虛無的盼望。接著她命令羅賓推她繼續往前走。

「快點快點，羅賓！趕快！我們得趕快走。」

「我很抱歉，莎莉。」羅賓說。

他手裡拿著女孩的氣球，一邊推著安柏的輪椅穿過那扇沉重的大門。

「唉唷！」安柏大叫，她纏著繃帶的腳，用力撞到門。

「對不起！」羅賓喊著。

看到他們兩個這樣走出去，莎莉不禁咯咯地笑了起來。

「夥伴們，祝你們好運。」她說。

30 一個老朋友

在這同時第二組，也就是「喬治」，正忙著在他負責的樓層搜尋。這男孩四肢趴在病房的地上到處爬。他手上已經握著一大把跟病人「借來」的氣球。上面全寫著「早日康復」，可能是關心病人的親友送的。然而，喬治太興奮了，一點也沒有罪惡感。因爲每多拿到一顆氣球，就更接近他的飛行夢想一步。不過難就難在他要同時握住那一大把氣球，又要解開另一個氣球。很快地，喬治就有好幾把氣球綁在他的雙手和雙腳上。不過，他還是需要更多更多更多氣球。

就在他爬出二十九樓最後一間病房時，有個聲音叫住他……

「喬治？」

這聲音喬治不管在哪裡都認得出來，那是書報攤老闆的聲音。

「拉吉？」

「對！是我，拉吉。喬治！我最愛的顧客！我寄給你好幾罐巧克力，你都收到了嗎？」

「收到了，太感謝了！」

「聽說你要割掉扁桃腺，我很擔心呢！」

「我現在已經好多了，謝謝你，拉吉。那些巧克力眞的讓我好開心。」

書報攤老闆笑了笑。「好，好，好，好極了！那些是我店裡最好的巧克力。是好幾年以前的聖誕節賣剩的，才過期幾年而已。」

「還是謝謝你，老兄，有你眞好。」

「喬治，要趕快回來啊！你住院以後，我店裡的來客數就少了很多。」

「我會的！」男孩咯咯地笑了起來。「你幹嘛住到醫院裡來？」

書報攤老闆在床上坐了起來，他身穿睡衣、手指頭纏著繃帶。「兩天前，我經歷了一場很嚴重的釘書機意外。我在店裡用釘書機釘著商品價格吊牌，我要舉辦特價大拍賣。一百支鉛筆只賣九十九支的價錢，買一噸太妃糖免費送一顆。二手生日卡，名字已經用立可白塗掉，只要半價。不知怎麼搞得，我就把我的手指頭都釘起來了。」

「唉唷！」喬治回應。「聽起來超痛的。」

「真的很痛」，拉吉一副很悲慘的樣子，「我絕對要勸告大家，不要把自己的手指頭釘起來！」

「老兄，我會記住的。呃，我實在很想留下來跟你好好聊聊，可是……」

喬治正想開溜，又被拉吉叫回來。

「喬治？」

「啥事，老兄？」

「你拿這麼多氣球幹什麼？」

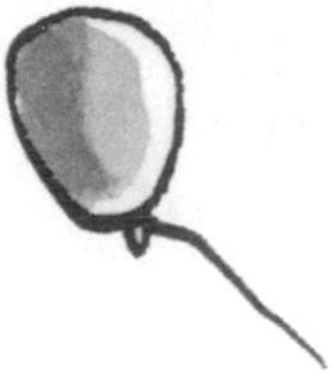

「呃，嗯……」喬治支支吾吾地，「這些不就都是我的氣球嘛？」

「真的嗎？」

「是啊。」

「全部？」

「對啊，老兄。」

書報攤老闆看起來不太相信。

「那顆上面寫著，『媽媽，早日康復』。」他說。

「我想那是氣球店搞錯了。」

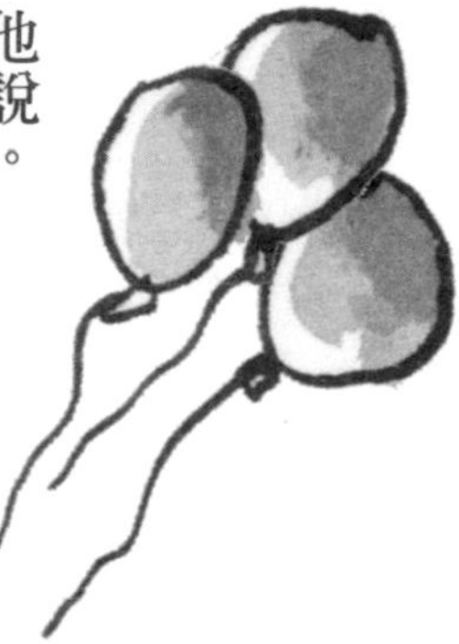

「嗯！」拉吉還是不太相信，「不過你拿著這堆氣球在這裡做什麼？兒童病房不是在醫院的頂樓嗎。」

喬治想了一下，「氣球飄下來了，不是嗎？」他回答。

「可是氣球只會往上飄啊？」

「呃，我不能整晚就待在這裡聊天。」喬治說完，轉身就要走。

「喔，我最愛的顧客，請幫你最喜歡的書報攤老闆一個忙好嗎？」他問。

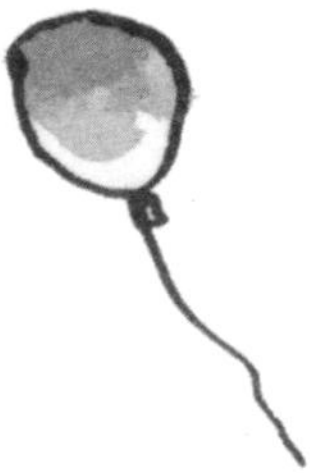

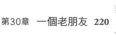

「對不起，老兄，我得走了。」

「這只會花你一點時間而已，謝謝你了，喬治，我最愛的顧客。」

「啥事？」男孩嘆了一口氣。

「是這樣的，醫院的伙食實在太嚇人了。有一個親切的女人叫塗琪，推著餐車來說什麼都有，結果你跟她點餐的時候，她只有三角乳酪和棕色沾醬。」

「喔，那種感覺我了解，我們都是愛食物的人。」

「眞的！」拉吉邊說邊拍拍他的肚皮。

「所以，可以請你幫你最愛的書報攤老闆叫外賣嗎？就當作回報我送你巧克力。我本來可以自己打電話訂餐的啦，可是因爲釘書機意外，我沒辦法用手指頭！」

拉吉一邊說，還一邊展示他纏著繃帶的手指。

「老兄，我可以晚一點再來嗎？」

「我怕那時候我已經不行了，」他說完，又拍了拍他的大肚腩，那肚子看起來好像可以塞進一顆海灘球。「所以拜託可以幫我訂餐嗎？」

「我需要用筆寫下來嗎？」

「不不不需要，只有一點東西而已，很容易記的。」

「好吧，」男孩回答。「你說吧……」

「謝謝你，我要印度洋蔥巴哈吉、印度咖哩角、印度辣雞肉咖哩、印度馬鈴薯沙拉、印度瑪莎拉雞、印度薄餅——」

「你快把我給搞瘋了，我根本記不起來……」男孩打斷他說話。然而，拉吉光是想到那些美味的食物，就說得口沫橫飛、興高采烈。

「不不不你能夠記得的，再一些就好……印度蔬菜巴蒂、印度烤餡餅，印度麥餅、印度蔬菜咖哩、印度豌豆奶豆腐、印度黃豆湯……」

「我需要紙跟筆！」喬治慌了。

「印度薄餅……」

「老兄，印度薄餅你已經說過了！」

「我知道，我知道，我想要兩份印度薄餅！印度酸辣醬、黃金起司瑪沙拉、蔬菜香料飯、印度咖哩、鷹嘴豆馬鈴薯咖哩、羊肉咖哩。我想這樣就好了。我說過印度薄餅了嗎？」

「說了！說過兩次了！」

「很好，印度薄餅我吃再多都不夠。那就，叫三份印度薄餅吧。現在，你再唸一次給我聽！」

喬治終於逃離了拉吉的病房，他發現最好的辦法就是去附近的印度餐廳，然後把菜單上的所有東西都點了，還要加點四份印度薄餅，以防三份不夠吃。

到了走廊，喬治把電梯叫上來，想要趕快搭到一樓。他要在樓梯間的天井底層跟其他夥伴會合。

叮！

電梯的門打開了，裡面竟然出現他們昨晚遇到的老煙槍清潔工。滴莉手裡握著地板打蠟機，下嘴脣上面還是黏著一根點著的香菸。她看到喬治的手和腳綁著上百顆氣球，驚訝得瞠目結舌。

男孩身上的氣球那麼多，已經讓他覺得有些輕飄飄了。他的頭就卡在眾多氣球之間，露出一點點。

「你現在在做什麼？」她質問，一些煙灰又從她的香菸掉到地板上。

「喔！又遇到妳了！」喬治輕快地回答。「昨晚清潔檢查的結果還不錯，所以繼續努力。雖然我們還是在地上找到

了一些煙灰，不過我們不確定是不是妳……」

「你拿那麼多氣球做什麼？」滴莉問。「我看了很想把它們都戳破，小鬼！」

飄下去的藉口在拉吉那邊行不通，因此喬治試著想另外一個藉口。

「我只是要把這些氣球送到一個超級受歡迎的病人那裡，他每天都收到好幾千顆氣球。所以別擔心，我搭下一班電梯就好。」

叮！

電梯門終於關上了。

喬治急得直跳腳，他已經被一個醫院員工看到他了。如果他的願望要實現的話，那午夜幫的動作可要再快一點。

31 世界上最老的小孩

在這同時，在幾層樓底下的第三組，也在熟睡的病人之間橫掃氣球。湯姆和搬運工都發現，要在地上爬又不被發現實在很辛苦。更困難的是，他們兩個身上都綁滿氣球。

現在已經三更半夜了，病房裡只有病人打呼的聲音，而且大部分的病人都很老。

ZZZZZ，ZZZZZ，

ZZZZZ，ZZZZZ

護士們都待在護士站，大半夜的他們要做的事情實在不多，所以有些在打瞌睡、有些在看書。就在湯姆和搬運工正要爬出病房的房門時，他們聽到一個老婦人在叫他們，「喔，天啊！好漂亮的氣球！是要送給我的嗎？」

湯姆看到搬運工把手指頭放在嘴唇上，要他保持安靜。

「我說，是要送給我的嗎？我真的好喜歡氣球喔。」這次的聲音更大，實在沒辦法不理會她。護士站就在幾步之遙，老婦人如果再說大聲一點的話可能就會把他們吵醒。

湯姆往上看，一個老到不行的婦人正坐在床上。她滿臉皺紋，頭髮霜白。不像其他病人，她的病床旁邊沒有任何卡片或鮮花。她的桌上，除了一壺水和一個塑膠杯之外，什麼東西也沒有。

「走吧！」湯姆催促搬運工，男孩很想繼續往前走，但是搬運工看起來非常糾結。

搬運工搖搖頭，「湯姆先生，我們不能不管她。」

「我從來沒有看過那麼漂亮的氣球，我好喜歡喔！」老婦人說。「是誰送給我的？

我爸爸嗎？」

這婦人看起來九十幾歲，甚至有可能更老。歲月似乎把她縮小了，就像水果放在陽光下一樣。湯姆發現老婦人不僅身體衰退了，她的心智也是一樣，因爲她以爲她爸爸還活著，這是不可能的。

湯姆完全不知道該說什麼或做什麼。

當他站起來的時候，氣球就在旁邊飄來飄去。他對搬運工說，「她爸爸不可能還活著吧？」

「對，當然不可能，」搬運工小聲回應，「奈麗已經九十九歲了，她的家人也都死了。」

「那我們現在該怎麼辦？」湯姆問。

「奈麗以爲她還是個小女孩，所以我們就跟她玩吧，讓我來。」

搬運工走向老婦人，「對啊，奈麗，是妳爸爸送的。」他把最靠近老婦人的那顆氣球送給她。那是剛才他在隔好幾個病床那裡偷的，有點消氣，上頭寫著「我愛你，爺爺」。就算是這樣，奈麗也不在乎，她握著那條線的時候整個臉都亮起來了。

「喔，我喜歡這個，真是太漂亮了！」她輕聲地說。「你還把氣球送來給我，真是太帥了。」

湯姆看著搬運工，他想這人大概從來沒被稱讚過說帥。

「爸爸有說什麼嗎？他大概什麼時候來接我？」

搬運工一時之間不知道該說什麼，湯姆趕快接話。

「很快的，奈麗，」男孩說。「妳很快就會看到他的。」

「真的嗎？」

「真的。」湯姆回答。

「哇，好棒好棒！」老婦人笑了起來，這一笑好像把歲月趕跑了，她看起來好像又變回小女孩。

「我們得走了。」湯姆說。

「你們還要繼續去送氣球給像我一樣住院的小孩嗎？」她問。

「是啊，」湯姆的聲音因難過而有點沙啞。「我們就是要去做這件事。」

「太棒了！」她回答。「氣球那麼多，小心不要被帶到天上去了！**哈！哈！**」

湯姆和搬運工彼此互看一眼，老婦人想得還比他們快一步。

「我們眞的要走了！」搬運工說。

「一定要再回來看我喔。」老婦人說，她目不轉睛地盯著她的新玩具。

這兩人匆匆忙忙穿過那扇對開的大門，一堆氣球就混亂得跟在後面。

32 氣球大盜

現在已經是凌晨兩點了，醫院的禮品店已經關了好幾個小時。湯姆把臉貼在玻璃門上，看見裡面有一大把氣球在拍賣。那些氣球剛被充飽氣，像是巨大的花束一般靠在天花板上。

「那就是我們要的，小湯姆先生。」搬運工說。

「可是我們要怎麼進到店裡去呢？」男孩問。「這門鎖起來了。」

「我也不知道，」搬運工回答，「但我們一定要進去。時間一分一秒地過去

了，我們不能讓喬治先生失望，這是屬於他重要的一夜。」

有一種機器的轉動聲從走廊的另一端傳來。

嗡嗡嗡

是清潔工滴莉。

湯姆和搬運工緊張地你看我我看你，趕緊躲到禮品店牆壁的後面。

滴莉推著打蠟機從走廊的那一端慢慢地走過來，煙灰也沿路掉了一地。接著她把機器關掉，拿出一大串鑰匙，打開禮品店的門。

接下來她又把機器打開。

嗡嗡嗡

滴莉開始在禮品店裡打蠟，同樣，煙灰又掉了一地。

氣球大盜彼此對視而笑，這正是大好機會。

他們趕緊走進店裡，機器巨大的轉動聲掩蓋了他們的腳步聲。

嗡嗡嗡

滴莉轉身的時候，他們剛好衝到禮品店角落，就是綁著一大串氣球的地方。這兩個人大把大把地抓著氣球，加進他們本來就已經有的那一大堆。

嗡嗡嗡

不過，就在他們正要衝出禮品店的時候，機器的聲音停止了。

湯姆不敢轉頭看。

「咦！」滴莉叫著。

「今天晚上這些氣球到底是怎麼一回事？你們兩個得跟我交代清楚！現在馬上！」

「喔！嗨！滴莉小姐！」搬運工口齒不清地說。

「又是你！」清潔工回應。「我就知道，你一天到晚在醫院出沒，準沒安好心。」

「不是這樣的！」搬運工試圖從他那張變形的臉擠出笑容。「小湯姆先生和我只是要把這些氣球拿到兒童病房。」

「拿到那裡做什麼？」清潔工追問。

「我正在舉辦氣球動物製作大賽！」搬運工說。

「在半夜舉辦?!」

「我們做的動物主要是獾和貓頭鷹，我想妳也知道牠們是夜行性動物，只有晚上才會出來。」湯姆補充。

「我根本不相信這些鬼話！你們倆都在說謊，這群死小孩一定在搞什麼鬼。你們沒有權利偷這些氣球，我現在要叫醫院的保全來！」

「喔不！我們該怎麼辦？」湯姆不知該如何是好。

「快逃！」搬運工回應。

他們倆就這樣衝出店門口，搬運工還拖著他那隻萎縮的腿一跛一跛。

湯姆瞥見那串鑰匙還掛在門上，趕緊轉動鑰匙，把那可憐的清潔工鎖在裡面。

滴莉快氣炸了，她瘋狂得敲打玻璃門。

砰！砰！砰！砰！

「讓我出去！」

她喊叫的時候，更多的煙灰又掉到地上了。

然而，氣球大盜雙人組早已經到了走廊的另一邊，拖著上百個氣球揚長而去。

33 飛天老婦人

「你們遲到了！」湯姆和搬運工到的時候，安柏叫著。喬治站在她旁邊，看起來不太高興。這三組人馬已經全到達樓梯間集合完畢，這樓梯間的天井從醫院底層延伸到頂樓，這時他們每個人手上都拿著一大串氣球。當然，身爲午夜幫非正式領袖的安柏擁有最大串的，看來有兩三百個跑不掉。所有的氣球都綁在她的輪椅上，多到輪椅都快要飄離地面，恐怕再多一個就要飛起來了。顯然她和羅賓都拚命想幫喬治實現夢想。

「對不起！」湯姆爲了遲到道歉。站在天井底部，湯姆才意識到**范爺醫院**竟然有這麼高。往上看，不禁感到一陣暈眩，湯姆從來沒在這麼高的建築物裡待過。這樓梯應該有好幾千個台階吧，天井的頂端有一個很大的玻璃天窗，透過天窗可以看到夜晚閃耀的星空。

這時每一個人的臉龐都散發著興奮的光彩，在這樣寂靜的夜晚起床冒險是最刺激的了。

「好，現在每個人都把氣球給我！」喬治再也等不及了。

「等等，小喬治先生！」搬運工說。「要非常小心，我們必須給你剛好的氣球。如果現在就拿走所有的氣球的話，你會像火箭一樣一飛沖天。」

「這正是我想要的！」男孩回嘴。

「可要小心計算清楚啊。」羅賓說。

如果想讓你的寵物飛起來的話，所需要的氣球數量如下：

＊請先詢問過寵物的意願，因為牠們有些可能比較想要留在地上。

兔子：31 顆氣球

倉鼠：12 顆氣球

沙鼠：7 顆氣球

烏龜：39 顆氣球

貓：47 顆氣球

狗：58 顆氣球

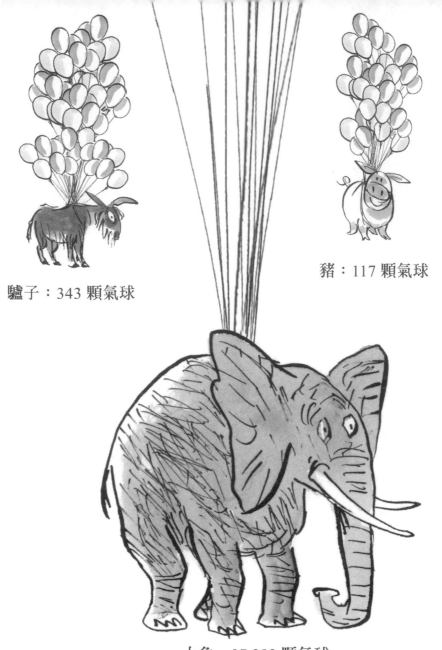

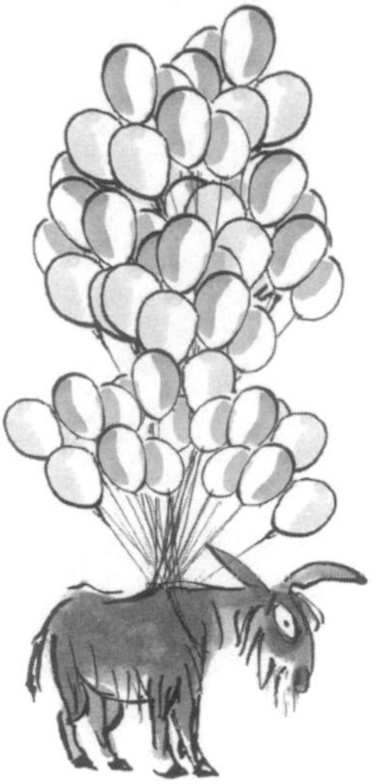

驢子：343 顆氣球

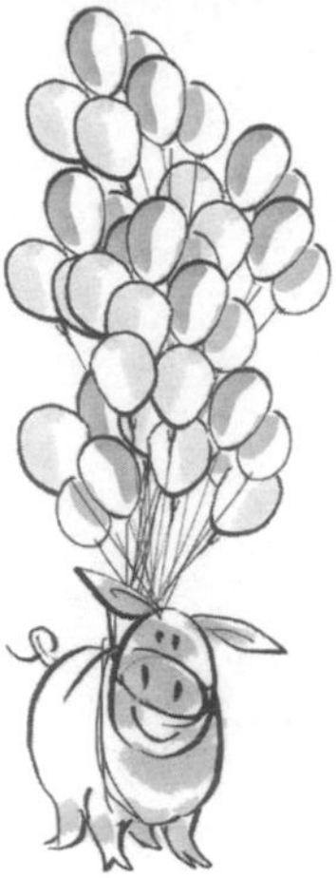

豬：117 顆氣球

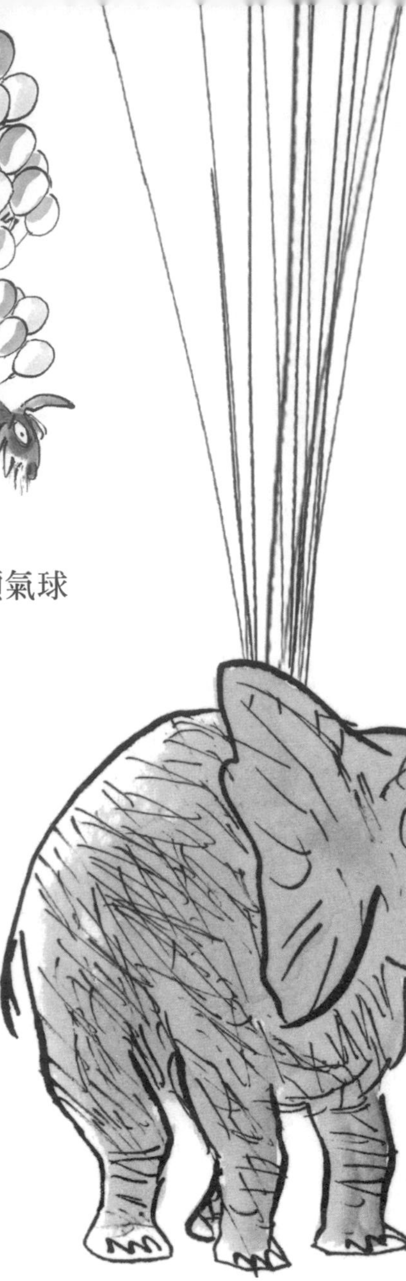

大象：97,282 顆氣球

藍鯨：3,985,422 顆氣球

「我已經飄起來了！你們看！」安柏已經離地好幾公分了。「這還加上了輪椅的重量呢！」

「好吧！好吧！」喬治不耐煩地說。「直接告訴我該怎麼做吧！」

「首先，有人要先到頂

樓等，當喬治飄上去的時候，他要幫忙拿掉一顆氣球，這樣喬治才能安全降落。」搬運工說。

「自願的請舉手！」

不用說，當然沒人想去爬那好幾千個台階。

這時候，湯姆不經意地舉起手摳摳鼻子。

「謝謝你，小湯瑪士先生。」搬運工說。
「我只是——」湯姆想解釋。
「眞是非常値得敬佩，那就出發吧！」
湯姆就這樣心不甘情不願地踏上階梯。剛開始時他還用力地怒踩踏階，但很快地，他就累得只能慢慢爬了。因爲天井的迴聲作用，湯姆可以清楚聽到階梯底部的任何聲音。
搬運工一如往常指導孩子們所有事情。他先把氣球一束一束地收集過來，再慢慢交給喬治。
很快地，男孩感到自己變得非常輕盈，他的腳就快離地了。
「現在開始要很小心，」搬運工說，「一次一顆氣球。」
終於，湯姆爬到階梯最頂層，他已經完全上氣不接下氣了。湯姆不是運動型的男孩，這對他來說簡直就像攀登聖母峰。他往下看，直覺頭暈到不行，比往上看時還要暈眩一百倍。即使有扶手護著，他仍然覺得自己就快要跌下去一般。
喬治現在已經離地好幾公分，再一兩顆氣球，他就要飛上天了。

「上面準備好了嗎？湯瑪士先生。」搬運工向上喊。

「準備好了！」湯姆往下喊，雖然他剛才一時間根本忘了自己上到這裡是要做什麼的。「幫喬治拿掉一顆氣球，這樣他就可以安全降回到地面。」他喃喃自語地又突然想了起來。

搬運工就要把手裡的一顆氣球交給喬治了，這時他手裡已經握有上百顆氣球。「我相信再加上這顆，你就要起飛了。準備好了嗎？」

「準備好了！」喬治回答。

搬運工眼光轉向安柏和羅賓。「現在我們大家一起喊，就像要發射火箭一樣……

十、九、八……」

午夜幫開始一起倒數。

「七、六、五、四、三、二……」

就在他們要說「一」的時候，那個老到不行的婦人，奈麗，竟然也拿著她的氣球大搖大擺地出現在樓梯間底層。

「喔！嗨，又碰到你們，」她興高采烈地說。「我好喜歡你們給我的這顆氣球，我還可以再要一顆粉紅色的嗎？」

奈麗伸手去抓喬治手裡的那一大串氣球。

就在抓住的那一刻，她瘦小的身軀就發射升空，速度甚至比火箭還快。

34 屁股著火

小老婦人凌空飛過時，湯姆拚命想抓住她，但那速度實在太快了。老婦人比喬治輕多了，氣球裡的氦氣讓她高速衝上天井。奈麗就這樣撞破天窗，玻璃隨即掉落下來。

底下的人紛紛閃避，以免被碎玻璃砸到。玻璃碎片掉落地面時，發出巨大的撞擊聲。

哇！老婦人開心得大叫，然後就消失在星空中。

嘩啦！

「不公平！」喬治大喊。

在階梯頂端的湯姆，還依稀看到奈麗在倫敦上空飛翔。

「快下來！」搬運工喊著。

湯姆跳上欄杆扶手，順勢滑下來。下滑的速度愈來愈快，他的屁股也覺得愈來愈燙。才一會兒功夫，他就發現自己根本無法停住。

「啊啊啊啊啊啊啊！」他大叫。

「怎麼回事，小湯瑪士先生？」搬運工往上喊。

「我屁股著火了！十萬火急啊！」

「這正是我們現在需要的。」羅賓說。

男孩在扶手上愈滑愈快，摩擦力之大，讓他身上那件搬運工給的舊睡衣褲底都冒出煙了。

「啊啊啊啊啊啊啊啊！」

湯姆尖叫。

「我的屁股真的著火了！」

「知道了，親愛的，你第一次講的時候我們就聽到了。」羅賓這樣的回答根本幫不上忙。

「喬治，把滅火器拿來！」搬運工大叫。

男孩依照指示做，不過他握住把手的時候一定動到開關了，滅火器的泡沫就這樣把他們大家噴得滿身都是。

噗！

「小心，你到底在噴哪裡啊！」安柏大叫，她現在就像一個巨大的霜淇淋一樣。

「我關不掉！」喬治叫著。

羅賓從頭到腳也被覆蓋住，他說，「我完全搞不清楚現在到底是怎麼了。」

「救命啊！」湯姆大叫。**「有人要接住我啊！」**

這時滅火器還是到處亂噴，很快地連搬運工也被覆蓋住。

噗！

搬運工拚命把眼睛上的泡沫擦掉，好準備接住湯姆。

「我什麼也看不見！」搬運工叫著。

「歡迎你加入看不見的行列。」羅賓說。

湯姆回頭，發現自己正朝著安柏滑過去。

「安柏！趕快接住我！」他大叫。

「我的手斷了！」她喊回去。

咻！

湯姆已經衝出扶手。

呼！

他騰空飛出。

咻！

然後降落在安柏身上。

啪！

輪椅快速地向後……

喀啦！

他們撞到牆壁，發出巨大的……

碰！

然後跌落到地上一團亂七八糟的泡沫堆裡。

喀擦！

滅火器的泡沫終於停止噴發。
「好消息，各位！」喬治宣布。
「什麼事？」其他人問。
「我已經知道怎麼關掉這東西了！」
「關得正是時候！」羅賓諷刺地說。
「我很高興我的手腳早就斷了，」安柏說。「要不然就得再斷一次。」
湯姆檢查他的褲底，已經燒得又焦又黑。
「好，我們走吧！」搬運工說。
「幹啥？」午夜幫回應。
「我們得去接住飛天老婦人！」

35 喔——咿！喔——咿！

午夜幫衝向一輛救護車，這輛車老舊生鏽，引擎發動時還嘎嘎作響。

「每一個人，全都上來！」搬運工叫著。

每個人通力合作，把安柏和輪椅抬進救護車的車廂裡。

「好，現在誰要負責瞭望？」搬運工問。

「我應該不是最佳人選，」羅賓指著眼睛上的繃帶。

「我來吧！」湯姆說，這聽起來很好玩。

「太好了，湯瑪士先生，我得先把你固定在車頂！」搬運工說。

「你說要在哪裡把我怎麼樣？」湯姆追問。

「現在沒有時間解釋了！在我們說話的這時候，奈麗還在倫敦上空飛行呢！」

搬運工抽掉自己身上的舊皮帶，使勁把自己弄上救護車車頂。再把皮帶綁在警笛上，然後用力一拉緊緊套住。

「好！換你上來！」搬運工伸手把湯姆拉上來。

湯姆就這樣站在救護車的車頂，緊緊抓著皮帶。

「現在你是我的眼睛！」搬運工一邊說一邊拉下車窗玻璃，「你一看到那個老女孩，就要趕快告訴我！」

「好！」湯姆說。

「準備好了嗎？」搬運工說。

「好、好、好了！」男孩回答。

救護車出發。

轟！

這輛車子就這樣疾駛沒入暗夜，湯姆的眼睛隨即在一片漆黑的夜空中努力搜尋。他心想：**這麼好玩的事，莎莉竟然沒法參與！**突然間這樣的想法轉了個彎打住了。湯姆發現遠方有一大片氣球的剪影，下面還吊掛著一個老婦人，那片剪影正飄過一輪圓月。

「她在那裡！」湯姆大叫。

「往哪條路走？」搬運工問。

「直直走！」

AMBULANCE

轟！

救護車加速行駛。

湯姆得緊緊抓住，因爲搬運工這會兒把救護車開得非常快。是真的超級無敵快。

「左轉！左轉！直直往前走！」男孩喊著。

救護車甩尾、逆向行駛、又開上人行道，就是爲了追上飛天老婦人。

「我不曉得我們爲什麼要追得這麼急。」羅賓就坐在前座，搬運工和喬治之間，咕噥抱怨著。「凡事有起必有落，我相信這老婦人一定會在某個地方降落，她可以自己找路走回醫院。」

「我才不在乎那個老婦人呢，」喬治說。

「我只想把我的氣球拿回來！這次輪到我了。」

「我真不敢相信你們兩個這麼鐵石心腸！」安柏在後面聽得一清二楚。

「這可憐的老婦人急需要我們救援，而且更重要的是，我們現在正在救護車上！**你們，快一點好不好！快一點！**鳴警笛！」

搬運工笑了起來，照著她的話做。

喔——咿！

喔——咿！

喔——咿！

救護車的鳴笛聲，讓湯姆震耳欲聾。在車頂的他現在得用吼的，才能讓搬運工聽得見他的聲音。

「向右轉！」

在遙遠的夜空中，老婦人正飄過倫敦一些著名建築物的屋頂：聖保羅大教堂、特拉法加廣場的納爾遜紀念柱、英國國會大廈。然後，奈麗睡衣的裙襬竟勾到了西敏寺最高的尖塔。

就在這一瞬間，她的睡衣被勾掉了。

嘣！

「喔呵——呵——呵！」奈麗大笑。**「我現在一絲不掛！」**

沒錯，她真的是這樣。

「她裸體！」湯姆喊著，他此刻正盯著一些皺皺的洩氣氣球，和一個皺巴巴的屁股。

「喔不！」搬運工大叫。

「不過看來，她其實非常享受這一刻啊！」湯姆對著下面喊。

接著悲劇發生了。

一棵大樹的樹枝，把奈麗一半以上的氣球都劃破了。就在這瞬間，這光溜溜的老婦人開始以驚人的速度往下墜。

「停！她就在我們的正上方！」湯姆對搬運工大喊。

搬運工立刻猛踩煞車，救護車緊急停住了。

這婦人就直直落在車頂上……

砰！

……正好撞上湯姆。

匡噹！

36 充滿敵意的隊伍

現在救護車的車廂非常擁擠。接連在兩天之內，二度受到重創的湯姆，現在正躺在擔架上完全失去意識；安柏，坐在她的輪椅上；而另一個擔架上的奈麗，則被毯子裹起來遮蔽身體。這位老太太還坐起來，對她氣球飛行的首航津津樂道。

「我什麼時候還可以再飛一次？」她興高采烈地問。

「妳不行！」喬治嚴峻回應。

男孩很不高興，他的飛行夢想竟然硬生生被這個老女人搶去。

「今天晚上飛的應該是我，妳根本連午夜幫的成員都不是！」

「午夜幫？聽起來好刺激喔！我可以加入嗎？」

「不行！」喬治斷然拒絕。「經過了今晚，妳絕對、絕對不可能成為午夜幫的一員！」

「你可以再加一個『絕對』來強調。」羅賓興味盎然地說。

「絕對！絕對！絕對！絕對！」喬治說。

「嗯，好像還不太夠。」羅賓又說。

「閉嘴！喔對了，搬運工？」

「什麼事？喬治先生。」

「不知道我們有沒有時間在印度外賣餐廳那邊停一下？我要幫我朋友，就是那個書報攤老闆，買一些吃的。」

「我實在不想讓你失望，先生，可是我們現在趕時間。」搬運工回答。

「應該不會花太多時間的，他實在餓得要命……」

「對不起，先生。」

「連一個印度薄餅都不行嗎？」

「我們不會停的，先生。」

「我跟你說，我朋友拉吉會很不高興的。」

喬治堅持把所有剩下的氣球都帶回醫院再試一次，搬運工不太情願地把氣球綁在救護車車頂的警示燈上，這些氣球就這樣，隨著救護車快速駛過倫敦街頭，在車頂上下竄動。

搬運工加速行駛，他們要盡快回到醫院。每個人得回到床上躺好，至少在滴莉從禮品店脫身之前，當然，也要在梅春醒過來之前。

要不然，他們全部都要倒大楣了。

湯姆在擔架上逐漸恢復意識，喃喃自語。

「我在板球場上，那顆球，飛向我，打到我的頭，我眼前一黑……」

「不是這樣，親愛的，」羅賓糾正他。「那是上次，這次你是被一個裸體的老婦人撞到的。」

「什麼？」湯姆這才醒來。

「眞開心又見到你！」奈麗高興得說。

搬運工看看錶，趕緊猛踩油門。

轟！

警笛響著，意味著他可以闖過路上的任何交通號誌。

喔——咿！

喔——咿！

喔——咿！

這時搬運工的臉上掛著大笑容，顯然他很喜歡扮演這個半夜開救護車的角色，這比他平日在醫院裡用推車推著病人的感覺更上一層樓。

終於，救護車開過最後一個轉角，**范爺醫院**的入口映入眼簾。就在搬運工開向那棟建築的時候，他看到一群人在外頭等著，他們全都盯著救護車。等車子開得更近時，他發現這一群人並不像在歡迎他們。

這群人更像是一支充滿敵意的隊伍。

衣著光鮮的醫院院長昆丁．史崔勒先生，他就站在台階上。梅春站在一側，清潔工滴莉則站在另外一側。他們全都一臉怒氣沖沖的樣子，旁邊還站著兩個身材壯碩、表情嚴肅的護士。

午夜幫這下子被**逮個正著**了。

37 這不好笑

午夜幫的成員全都進到院長辦公室，那是一間牆壁用橡木鑲板的超大辦公室，壁爐台上還掛了一幅醫院創辦人范爺的大油畫。搬運工和這四個孩子就聚集在這房間的中央。

昆丁．史崔勒先生坐在他的辦公桌後面，就像國王坐在王位上一般。院長是**范爺醫院**裡最重要的人物，而他看起來也正恰如其分。他穿著一件完美無瑕的細條紋西裝，繫著一條時髦的粉紅色領帶，胸前口袋

露出一角搭配得宜的手帕，一只金懷錶還掛著他的背心上。

站在他身後，像隻猛禽棲息著的，是梅春。現在是早上五點，太陽才剛剛出來。陽光正好照射到孩子們的眼睛，除了羅賓以外他們全都瞇著眼睛。

昆丁先生開始用他渾厚低沉的嗓音數算他們的罪狀，他喜歡把每個字都咬得清清楚楚的。

「在巧克力裡下藥，偷走大量的氣球，把清潔工關在禮品店，把醫院裡最老的病人送上天空，撞破天窗，打劫救護車，危險駕駛。」

「全部就這樣嗎？」羅賓玩笑地說。

其他的小孩和搬運工都忍不住地咯咯笑起來。

「這不好笑！」院長怒吼，「而且，不只這樣，這並不是全部。這只是今晚！你們要自己解釋一下嗎？」

「這都是我的錯！」湯姆說。「是我帶頭的。」

所有午夜幫成員都轉頭看這男孩，他在做什麼？讓自己陷入一個更大的麻煩中，他本來就已經夠多麻煩的了。

昆丁先生撇撇嘴，「真的嗎？不過你才在醫院住了兩晚而已。」

「是我！」羅賓說。「我才是帶頭的。」

梅春冷笑，「我才不相信，你什麼都看不見。」

「是我！」安柏說。「我是帶頭的。」

「真的嗎，小姑娘？」院長問。

「她不可能獨自完成這些的，昆丁先生，」梅春低聲說道，「她的雙手雙腳都斷了。」

「也許不是她，」院長回應，「那是你嗎，孩子？」

「不是我，」喬治回答。「這跟我一點關係都沒有，我並沒有想用偷來的氣球飛上天空！」

其他三個孩子對喬治這樣的回答一點也不意外。

「先生，是我。」安靜好一會兒的搬運工這時說話了。

「你說什麼？」這時院長眼睛瞇了起來。

「這全是我的錯，帶著孩子們在午夜冒險。是我給他們出這麼多瘋狂主意，請不要處罰他們，我應該要負全責，先生。」

孩子們轉向搬運工，瞠目結舌說不出話來。他們可以讓他作代罪羔羊嗎？這似乎不公平，他只是幫他們實現夢想啊！

38 要倒大楣了

「梅春？」醫院院長坐在辦公室宣布審判結果。

「是，昆丁先生？」她回應。

「把這幫頑劣的孩子帶回病房，讓他們全都上床睡覺，不准下床。我不希望這些孩子離開妳的視線。梅春，妳聽懂了嗎？」

「是的，昆丁先生。」梅春一邊說，一邊對著孩子們得意地笑，她覺得自己贏了。

孩子們拖著沉重的腳步離開。

羅賓忍不住對昆丁先生來了一句回馬槍，「對了，我喜歡你辦公室的樣子，裝潢得很好！」

「謝謝你！」院長回答，還沒來得及發現這蒙眼男孩根本言不由衷。

「出去！」院長斥喝著，把他們往門口趕。「我現在得處理這搬運工。」

就在他們向門口走時，湯姆、喬治和安柏都轉頭看著他們的朋友。搬運工眼中流露出深深的悲傷，但他還是努力擠出笑容。

「再見，小先生和女士。」他低聲說。

聽起來就好像在做最後的道別。

梅春用力地把門關上。

碰！

接著，院長的咆哮聲就這樣在長廊迴盪著。

搬運工被這樣子吼，湯姆實在很心痛。

就在他們拖著腳步走向電梯的時候，梅春得意洋洋地對著他們。

「對，你們這些說謊狡詐的小鬼！」她接著說，「你們要倒大楣了！」

叮！

一進到電梯裡，湯姆忍不住問，「梅春，他會被怎麼處置？」

「你不用擔心，你們再也見不到這討厭的傢伙了。至於你們這群頑劣的孩子……」

所有的孩子這時都轉向她。

「……事情就這樣全都過去了。」

電梯的門關上。

叮！

39 最最悲傷的故事

不用說，現在兒童病房的氣氛非常低迷。莎莉很想知道到底發生什麼了，但沒有人告訴她，今晚簡直是場災難。

即使是那個永遠開心的塗琪來了，也沒辦法讓氣氛好起來。

「要來一片土司還是玉米片？」這女士邊說邊推著餐車在病床之間走動。

「來一片土司還是玉米片？」

「請給我玉米片，謝謝。」湯姆說。

「好的，湯瑪士！」塗琪回應。

說完，她拿起玉米片盒子往碗裡倒。還眞的就像她說的，玉米片竟然只有一片，掉到碗裡時還發出了一聲可悲的……

喀啦！

「就這樣？」湯姆問。

「我不是說來一片嗎？對不起，眞的就剩一片了。還是特別爲你保留的，因爲我知道你喜歡玉米片。」

「別一下就吃光光喔！」在病房的另一頭的羅賓喊著。

「要不要淋一些冷茶在上面？」塗琪伸手去拿茶壺，男孩一想到昨天軟爛的早餐就退避三舍。

「不用了，謝謝妳，塗琪！拜託，請給我牛奶。」

「我今天也沒有牛奶，不過我倒是有包番茄醬。」

「我餓死了，我想可以試試看！」湯姆玩笑地回應。

「非常好！」

女士把那包剩一點點的番茄醬擠在玉米片上。

「請享用！」她邊說邊把那份連阿米巴原蟲都餵不飽的早餐遞給他。

「可以拜託再給我一片土司嗎？」男孩乞求。經過昨夜的冒險，他實在太餓了，那片玉米片根本不夠。

塗琪打開餐車存放熱食的金屬門，「喔不，老闆史崔勒先生刪掉醫院太多預算，你看？我已經沒有土司了，對不起。」

然後她走向喬治，開心地喊著，「沒有了！早餐完全沒有了！」

接下來一點都不意外，沒人點餐。

「喔天啊！」塗琪說。「我不知道你們今天早上發生什麼事了。」

「事情是這樣的……」梅春突然插話，她就站在塗琪後面。再次地，她又無預警地出現。**「這群頑劣的孩子惹了一大堆麻煩，幾乎違反醫院所有規定。」**

「不過他們看起來都像是乖孩子啊。」送餐女士回應。

「別被騙了！他們根本就是小偷、是騙子。」

所有的孩子都羞愧得低下頭來。

「除了莎莉以外。」梅春說。

塗琪看著那小女孩的床，「她還在睡，可憐的小東西。」

「而且託這四個孩子的福，搬運工就要被解僱了。」

「不！」塗琪不敢相信。「解僱？」

「沒錯！今天早上當場就被解僱了。他活該，惡劣的傢伙，我早就覺得他圖謀不軌。昆丁．史崔勒先生要求他立刻離開**范爺醫院**。」

「喔不，喔不不不，喔不不不不不。搬運工不應該受到這樣的待遇，他是一個溫柔仁慈的好人，而且他在這家醫院已經待了好久好久，記憶中他一直都在這裡！」

「他根本罪有應得，半夜裡幫著這些孩子玩各種把戲！」梅春怒吼。

「但是**范爺醫院**就是他的人

生！」塗琪辯稱。「這個可憐人什麼都沒有，沒有老婆，沒有孩子，沒有任何家人。據說他媽媽在他出生那一天就把他遺棄在醫院的台階上。」

「能怪得了他媽媽嗎？」梅春大笑。「有哪個媽媽能受得了看到這樣醜的孩子？」

這是湯姆聽過最悲慘的故事了。雖然有時候湯姆也覺得自己好像是被父母遺棄的，就遺棄在寄宿學校裡。但跟這個故事比起來簡直天差地別。

塗琪搖搖頭。「好可憐，好可憐的人啊，」她喃喃自語。「我一定要知道他過得還好嗎，他可能需要有個可以睡的沙發，或是有個人煮熱食給他。」

「那髒東西不需要妳的同情！或是任何人的！孩子們的腦袋裡被他塞進各種荒謬的點子，我就說嘛，他裡頭就跟外頭一樣醜陋。」

「不是這樣的！」湯姆抗議。

「搬運工有非常美的內在！」安柏說，「他是我所認識最善良的人！」

「我懷疑妳根本不知道什麼叫做善良，梅春！」羅賓說。

「對！」喬治附和。**「妳這個老母牛！」**

情勢發展至此，革命似乎將一觸即發。

「閉嘴！」

梅春怒斥。

孩子們立刻噤若寒蟬。

「你們這些小鬼真可惡啊，竟然力挺這樣的……怪物！我再也不想再聽你們多說一個字了！」

這時只有塗琪敢打破沉默。「梅春？」她問。

「幹嘛?!」

「妳知道要怎麼跟搬運工聯繫嗎？」

「完全不知道！看他那身衣服和他身上的味道，若說他是流浪漢的話，我一點也不覺得奇怪。我想他現在可能在某處的紙箱裡住著吧。**哈！哈！**」

「好吧，不管他在哪裡，今晚我都要爲他禱告。」塗琪說。

「他現在需要的應該不只祈禱吧！」梅春訕笑著。「他那可悲的人生就要結束了，被這裡解僱之後他再也沒法找到其他工作！現在，塗琪，趕快送完早餐，從我的病房滾出去。」

「是的，梅春！」

「我得想個好法子來處罰這群超級頑劣的孩子。」

說完，她立刻轉身往辦公室走去。

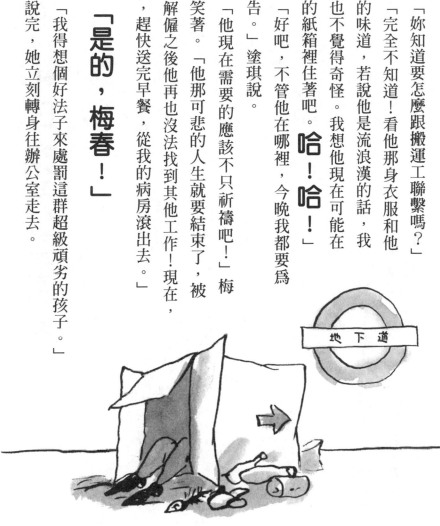

40 巧克力當早餐

在兒童病房裡推著餐車的塗琪，看著梅春漸漸走遠，把眼光轉向湯姆。

「你玉米片吃完了嗎？」她問。

不用說，男孩早就吃完了。「吃完了，謝謝。」

「好吃嗎？」

「老實說，一點也不好吃。」

「對不起。」

「塗琪！」安柏發出氣音。

「孩子，什麼事？」

「拜託，請找到搬運工，」女孩說。「我眞不敢相信他的人生這麼悲慘，我覺得好愧疚。他只是想幫我們，而現在他卻被解僱了。我想請妳告訴他，我們都很愛他，而且也非常想念他。告訴他，安柏對這一切發生的事感到非常非常抱歉。」

「羅賓也很抱歉！」羅賓說。

「還有喬治！」喬治說。

「還有拜託告訴他，沒有人比湯姆感到更抱歉。」湯姆說。

「呃，等等，拜託——我才是最抱歉的。」安柏抗議。

「是我的夢想出錯了！所以我才是那個最抱歉的。」喬治說。

「喔，拜託，我們不要再吵誰才是最抱歉的！」

羅賓打岔，然後接著又笑說，「當然是我才對啊！」

「如果找到他的話，我會跟他說，你們都覺得非常、非常、非常地抱歉！」塗琪對他們說。

「這樣好！」湯姆說。

「那我們早餐要吃什麼呢？」安柏問。

「喬治，你還有剩下的巧克力嗎？」羅賓問。

「有啊，」他回答。「我還有祕密私藏，是最後一罐了，不如就拿出來和大家分享吧。」

男孩打開他的枕頭套，拿出一個罐子，然後朝每個床位各丟一把巧克力。

「謝謝你，喬治。」湯姆說。

「嗯，午夜幫就棒在它能延續下去，」羅賓說。「我才有辦法指揮醫療器材交響樂團，安柏才能去北極，喬治也才能夠飛離地面……幾秒鐘……」

「呃，對喔！真是美夢成真！」喬治這話說得酸溜溜的。

「不過，湯姆，你都還沒有機會。我很好奇，你的夢想是什麼？」

「我一整個早上都在想這個問題。」湯姆回答。

「對啊？」安柏問。

「嗯，妳要我對午夜幫宣誓的時候，有一部分的誓詞是以朋友爲優先。」

「『我會將幫中弟兄姊妹的需求置於個人需求之前』？」安柏說。

「對，就是這一句！」湯姆回應。

「所以？」

「所以這就是我想做的，在這間病房裡，有人的需求比我的更迫切。我想把這個機會讓給她。」

「是誰？」羅賓問。

「莎莉！」湯姆回答。

「那當然！」羅賓回應。

41 最後的冒險

「莎莉比我們任何一個人都更想加入午夜幫，」湯姆說。「但她一次又一次地被拒絕。」

「我們只是不想讓莎莉變得更不舒服，」安柏說。「這些冒險通常都很危險，我們只是爲她著想。」

這時，在兒童病房角落的莎莉說話了，「不過人生當中，至少要有一個可以實現的夢想吧。」

「我們都以爲妳睡著了！」湯姆說。

「我半夢半醒，」小女孩回答。「昨天晚上的療程眞的是快把我給打敗了，不過現在我覺得好多了。」

「那就好。」安柏說。

「謝謝你把機會讓給我，湯姆。那是我收到最好的禮物。」

「沒什麼，莎莉。」湯姆回應。「只是很抱歉，妳的夢想沒法實現了。」

「爲什麼？」莎莉問。

「因爲已經沒有午夜幫了。」安柏回答。

「那些大人把我們解散了。」喬治接著說。

「就只因爲我們讓一個九十九歲的老婦人在倫敦上空飛行！」羅賓說。

「光溜溜的飛行。眞是太離譜了！」

「哈哈！」莎莉笑了。才笑這麼一下下，她就好像哪裡痛了起來。

孩子們一個接一個從床上爬下來，圍在莎莉的床邊。

「妳還好嗎？」湯姆抓著小女孩的手問。

「還好，還好，我沒事，」莎莉回答，顯然在說謊。「你確定午夜幫連最後一次冒險的機會都沒有了嗎？」

孩子們難過得搖搖頭。

「不過妳的夢想是什麼？」湯姆問。

「對啊，」安柏說。「我們想知道。」

莎莉仰頭看著他們，「你們一定會覺得我很傻，但是……」

「我們不會覺得妳很傻，」湯姆回應，「不管妳說什麼。」

「我手腳都斷了，還**想去北極！**」安柏說。

「我連看都看不到，還想**指揮交響樂團！**」羅賓說。

「我還**想飛上天呢！**」喬治大笑，「而且我比你們每一個都重一倍以上！」

莎莉笑了笑。

「嗯……」小女孩現在稍微有點自信了，「我想要活出**美麗的人生！」**

「什麼意思？」湯姆問。

「我的人生有很多時間是在醫院裡度過的，我已經錯過太多了。有時候我會想我可能再也離不開這個地方，可能沒辦法有初吻、結婚，甚至有小孩。」

這時候所有孩子的眼睛都泛著淚光。

「別爲我難過，」莎莉說。「不過拜託、拜託、拜託午夜幫，可以再冒險一次嗎——一場美麗人生的冒險？」

「你們這些壞孩子，全都起床幹什麼了？」

梅春怒吼。

她又再一次地，憑空冒出來。「我對你們實在太寬容了，現在兒童病房必須實施非常手段。全都給我回到床上去，**馬上！**」

孩子們照著她的話做，回到床上。男孩們還是先把安柏抬上床。

「現在！誰也不准下床，除非是我的命令。聽懂了嗎？」

孩子們心不甘情不願地悶聲回應，「是的，梅春。」

「我說，**『你們聽懂了嗎？』**」

這一次孩子們才高聲回答，**「是的，梅春。」**

「很好！」

正當湯姆要鑽進被窩的時候，梅春對著他喊，「你不用，孩子。」

湯姆不知道他做了什麼。

「今天早上你的檢驗報告全都出來了，」梅春宣布。

「是？」男孩嚥了嚥口水，他知道是怎麼回事了。

「是的，驚喜，大驚喜！結果你什麼事都沒有，完全正常。這一些都是你造假的，你這隻騙人的小蛇。」

「但是——」湯姆想要辯解。

「**閉嘴！**」梅春怒吼，「你要立刻離開醫院，你們校長馬上就要來接你了！」

42 脫逃

湯姆幾乎都快忘掉聖威利學校了。即使在醫院才待幾天，這裡好像已經變成他的家了，而那些孩子已經成爲他的家人。

「卡普！」校長從病房的那一頭喊著。在那所高貴的寄宿學校裡，老師們只會喊你的姓，從來不喊你的名字。

「是的，先生？」湯姆回應，感覺好像又回到學校。

「該走了，孩子。」這校長是個身材高大的紳士，留著長長的落腮鬍，戴著圓圓的眼鏡。他常穿著厚重的粗花呢西裝，內搭羊毛背心和領結，叼著根煙斗，所到之處都是雲霧裊繞。這校長好像穿越時光隧道，從一百多年前來到現在。這形象老派的校長休斯先生，和這所學校所標榜的百年不變傳統相得益彰。

梅春也在病房的那一頭，和校長站在一起。

「動作快，動作快！」他命令。

「校長先生，我爸跟我媽呢？」湯姆問。

「問他們做什麼，孩子？」休斯回應。

「他們不是應該會來接我嗎？」

「喔不不不，他們在很遠的地方！」休斯訕笑著。

湯姆看起來很沮喪。

「孩子，只是被一顆

小小的板球打到頭而已！」休斯繼續說，「應該有把你打聰明點吧！別忘記聖威利學校的座右銘——*'Nec quererer, si etiam in tormentis'*. 現在把這拉丁文翻譯一下！」

「不要抱怨，即使你正承受巨大的痛苦。」

「很好！」

這座右銘就寫在校徽裡，繡在每件運動外套上。

NEC QUERERER
SI ETIAM IN TORMENTIS

就在病房其他孩子的悲傷注目下，湯姆拉起床邊的圍簾，換上他那件白色板球衣。他盡可能地拖時間，因爲他不想離開這裡的朋友。

「喔，拜託，快一點，你這孩子！」休斯先生命令。「不要在那邊瞎磨蹭。」

湯姆把他那件沾滿草屑的板球服套上後，從圍簾後面走出來。

「我父母的消息難道你連一絲一毫都沒收到？」湯姆滿懷期待地問。

校長搖搖頭，冷笑了一下。

「一點都沒有！他們沒有打電話，也沒有寫信。他們好像根本忘了你的存在。」

湯姆垂下頭來。

「快點，卡普，你還在等什麼？」校長催促著。

「我只是想要跟我的新朋友說再見。」

「沒時間了，你這孩子，**快一點！學聰明點**，你還要趕一大堆學校作業，你在這裡已經落後不少進度了。」

「聽到你們校長說的話了沒，你這孩子！」梅春怒斥，

「還不快一點！」

湯姆就這樣一邊沿著病房光滑的地板走，還一邊朝兩側

看，跟他的新朋友道別。

莎莉、安柏、喬治和羅賓都舉起手默默地揮著。

「梅春已經把你在醫院的各種脫序行爲告訴我了。」休斯先生說。

湯姆什麼話也沒回。

「參加什麼幫派是吧？還半夜起來胡搞？你眞是把聖威利學校的名聲都丟盡了。」

「對不起，先生。」

「道歉是不夠的，孩子！」校長怒斥，「回到學校以後，你得接受嚴格處分。」

「謝謝你，先生。」

「再見，孩子，」梅春說。「我希望再也不要見到你這張討厭的臉了。」

湯姆最後再回頭望了朋友一眼，莎莉對他笑了一下，這時候休斯硬扯著湯姆的手臂往外走，那扇大門被推開了又關上。校長的手壓在湯姆肩膀上沿著長廊走，湯姆覺得自己就像越獄逃犯被逮著了，正要押送回監。

他得要想想辦法。

羅賓
莎莉

任何辦法都好。

莎莉的夢想比任何人的都更值得努力去實現，而現在時間一分一秒地溜走了。

電梯就在前面，湯姆知道如果他想逃的話就得快。再過一會兒，他就要被帶進校長的車子裡，開車帶回遠在鄉間的寄宿學校。

在長廊的盡頭，湯姆看到新來的搬運工正推著換洗衣物的大推車，那個人正往牆上的一個洞口，把一袋一袋的髒衣服沿滑道丟下去。湯姆知道這個滑道一路通往醫院的地下室。那洞口的大小只容得下小孩進去，大人則不能。

這時新搬運工正好要離開了，湯姆知道這是他唯一的機會。

男孩用力甩開校長的掌控，**直直向前衝。**

「你給我回來！」休斯大吼。

「再見了，先生！」湯姆說完，就奮力一跳，頭下腳上地鑽進滑道裡。

43 黑牆

「啊啊啊啊啊啊啊啊啊！」男孩在那滑道裡快速往下墜。湯姆是從頂樓跳進去的，要到達底層是一條非常遙遠的路。事實上總共有四十四層樓。裡面一片漆黑，他開始覺得速度愈飆愈快。

黑暗中，靠近底層處有一小塊亮光依稀可見。

那亮光愈來愈大、愈來愈大，湯姆知道已經到了盡頭，然後騰空。

「不——！」他大叫。

碰！

男孩掉進地下室一個超大洗衣籃裡，洗衣籃裡裝滿一袋袋的換洗衣物。

他喘了一口氣，慶幸自己還活著。接著，他搖搖晃晃地從洗衣籃裡爬出來，遁入地下室一片漆黑中。

他現在急需一個藏身之處。

現在那校長可能還在頂樓，但用不著多久，這醫院半數以上的人都會來找他。

湯姆跑向洗衣間。

太吵了。

他又跑向冷凍庫。

太冷了。

然後，他又跑向儲藏室。

太陰森了。

湯姆突然定住不動。他聽到遠處有腳步聲追過來，那聲音愈來愈大。不管追來的是誰，已經愈來愈近了。

聽起來就像千軍萬馬一般。

手電筒的光線在牆上閃動著。

湯姆依稀看到幾個護士的影子朝他追來。

絕望中，湯姆試著打開一扇門。

鎖著。

另一扇。

鎖著。

再另一扇

鎖著。

那些影子不斷逼近，湯姆陷入極度的恐慌之中。

「湯瑪士？」是梅春的聲音，她正領著一隊護士衝過來，「我們知道你就在這裡！」

「這臭小子麻煩大了。」說話的是校長，黑暗中湯姆看到他就在梅春的旁邊。

「卡普？卡普？」

黑影在牆上以各種角度跳動著，湯姆感覺這批人馬就要從各個路線攻過來了。

湯姆試著轉動最後一扇門的把手。

喀噠！

門開了。

裡頭一片漆黑，湯姆覺得很害怕。他深吸一口氣走進去，把門關上。

這裡就像一道黑牆。

男孩現在聽到的只有自己的呼吸聲。但他感覺到這裡並非只有他一個人。

「哈囉！」湯姆用氣音說。「有人在嗎？」

黑暗中，湯姆看到一雙眼睛盯著他。

「啊啊啊啊啊啊啊啊——！」男孩尖叫。

44
家

「噓！」黑暗中有個聲音傳來。

一根火柴點燃，搬運工的臉被突如其來的亮光清楚映照出來。看到是他的朋友，湯姆總算鬆了一口氣。

搬運工點燃一根蠟燭，這個房間才稍微看得比較清楚。

「你在這裡做什麼？」湯姆追問。

「我就住在這裡，」搬運工口齒含糊地說。「這是我的家。」

「我還以爲你被解僱了！」

「我是啊，可是我沒有其他地方可以去。倒是**你**現在在這裡做什麼？」

「我在躲啊。」男孩回答。

「躲誰？」

「我的校長、梅春、和一堆護士。其實是所有人。校長要把我接回學校去，可是我不想。」

「喔，不過你也不可能永遠待在這裡。」搬運工說。

「說的也是，」男孩回答。這樣逃跑卻沒有任何計畫，他開始覺得自己身陷更大的麻煩了。「所以這眞的是你的家？」

「是啊，湯瑪士先生，」搬運工回答。「你看！」他拿著蠟燭在房間四處照著，讓男孩看清楚。「我需要的東西都在這裡。」

搬運工指著角落地板上一塊髒兮兮的床墊。「我的床，那裡還有一個鍋子。」

還有一個小瓦斯爐，旁邊堆了一堆罐頭。

「衣櫥。」

搬運工指著一個大紙箱，裡頭掛著一些皺巴巴的衣服。

「爲什麼你沒有個像樣的家呢？」男孩問。

他深深嘆了一口氣，「這醫院就是我的家，我還是小嬰兒的時候就在這裡了。那時候，醫生們試著幫我動手術，一次又一次。」

「爲什麼？」

「爲了想讓我看起來『上得了檯面』些，但就是沒成功。我是這裡的病人，在這裡待了好多好多年，一直待到我大到不能再待在兒童病房爲止。後來醫院有一個職缺，我就來做了。只是個簡單的工作，把東西或人搬過來移過去。那時候我十六歲，從那時候起我就一直待到現在。」

「你既然有工作，爲什麼不找一個地方住？」

「我試過了，委員會幫我找到一間小套房，就在離這裡一條街不遠的地方。但問題是，我長得醜到嚇人。我在那裡一刻也不得安寧。附近的人在我家門上亂塗可怕的字，又把恐嚇信放在我的信箱要我搬家。他們說我嚇到小孩了。**我被辱罵，**被吐口水，還有人要放狗咬我。有一天在我睡覺的時候，一塊磚塊砸破窗戶飛進來。所以我又躲回這裡，沒人知道我就在這裡，這是我的家。」

湯姆的眼中閃著淚水，他既難過又內疚。像大多數的人一樣，湯姆也曾經因搬運工的長相而以爲他是壞人。男孩看著搬運工這個陰暗的房間，雖然不怎麼樣，但至少是個家，甚至比湯姆擁有的還多。他的父母住在國外，把他丟在寄宿學校，他根本連可以稱得上家的地方都沒有。

「我知道，這裡不是麗緻酒店，但至少方便工作！」搬運工咯咯地笑了起來。「可是，現在我工作丟了，我不知道該去哪裡。」

「如果我有家的話，我會邀你來住。」

「你眞好。」

「但可悲的是，我連家都沒有。」

「有人說，家就是你心所在。湯姆，你的心在哪兒？」

湯姆想了一下子才回答，「我想我的心在兒童病房那裡，**特別**是莎莉那裡。」

「那可憐的孩子。」

「她從來沒有實現夢想的機會。」

「的確是這樣。那你的父母呢？」

「他們？」

「你的心難道沒在他們身上？」

「沒有。」男孩很快地回答。「他們根本不在乎我。」

「我相信他們是很愛你的。」

「他們根本就不愛我，他們從來沒打電話給我、也從來沒寫信給我。我很少見到他們。」

「我相信他們一定很想你。」

湯姆什麼也沒說。

「看看我們倆！」搬運工說。「失落二人組，不是嗎？」

「我很抱歉你丟了醫院這份工作，」湯姆說。「我們兒童病房裡所有的孩子都覺得很抱歉。事實上，我們還爲了誰比較抱歉爭吵不休呢！」

「是嗎？現在還這樣嗎？哎呀，你們用不著爲我擔心，我知道幫助午夜幫是要承擔風險的，就算被解僱也值得。」
「你確定嗎？」
「是啊！再重來一次的話我還是會這麼做，這幾年來光是看到孩子們臉上的笑容就夠了。」
「難道我們不能求史崔勒先生再給你一次機會嗎——？」
搬運工打斷男孩的話，低聲說，**「噓！」**
他指著門。
湯姆仔細聽，外頭有腳步聲，接著是金屬門喀喀作響的聲音。
「一定是要來抓我的！被他們發現了！這裡有地方可以逃出去嗎？」
「沒有！」
「喔不！」
「我們要躲起來！」
「躲在哪？」

「你躲在衣櫥裡，我躲在床底下。」

湯姆爬進紙箱裡，而搬運工就把床墊拖過來壓在自己身上。

「蠟燭！」湯姆用氣聲說。

就在那扇大鐵門打開時，搬運工正好把蠟燭吹熄。

匡啷！

手電筒的光線照射進來，緩緩地在房間每個角落移動。

這時梅春和校長走了進來，一群兇巴巴的護士也緊跟在後，湯姆幾乎不敢呼吸。

「出來，出來，不管你在哪……」梅春嘶吼著。

45 一隻翅膀的鴿子

「有東西還是有什麼人在這裡，我知道。」梅春的手電筒投射到這房間最黑暗的角落。

「我看這裡像個垃圾堆，」休斯先生說。「我們走吧。」

「不，」梅春回應，「這味道。」這女人嗅著空氣中的霉味，「出奇地熟悉。」

湯姆蹲在搬運工的紙箱衣櫥裡，突然有種奇怪的感覺，覺得小指頭好像被什麼東西啄著。他低頭一看，果然，眞的有一隻鴿子啄著他的手指。

男孩也沒多想就甩甩手把鴿子趕走。這樣一來，這隻可憐的鴿子就被趕到紙箱外的地板上。

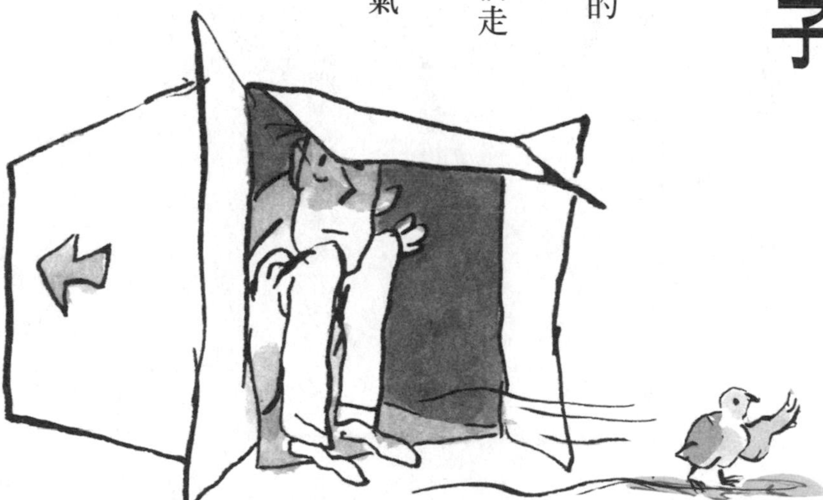

「咕咕咕！」這隻鳥叫著。

「啊啊啊啊啊！」梅春驚聲尖叫。

「那只是一隻鴿子！」休斯先生說。

「我討厭這骯髒動物，牠們就像有翅膀的老鼠，幾乎就跟小孩一樣壞。」

「那現在我們可以走了嗎？」校長問。

「好吧，」她回應。「我應該通知維修部門立刻來驅趕這隻該死的生物。我很想拿個水桶來，親自把牠淹死，只可惜我沒時間。」

「真可惜，」校長興味盎然地說，「那應該很有趣。」

「真高興你跟我有同感，休斯先生。我很喜歡來點酷刑。」

「那是最有趣不過的了。我也喜歡對聖威利學校的學生殘酷一點，這樣我才能夠完全掌控他們。任何從家裡寄來的書信，在孩子們收到之前早就被我燒掉了。湯姆的父母每個禮拜都寄信來，但都被我直接丟到火爐裡了！**哈！哈！**」

湯姆簡直不敢相信自己聽到了什麼。

「喔！你一定享受到不少樂趣。」

「沒錯，梅春，妳說的沒錯。沒有比絕對的權力更讓人覺得痛快的了！」

「湯姆的蠢父母還一直打電話來醫院，急著想知道他們的孩子怎麼了，每次都被我直接掛掉電話！」

「**哈！哈！哈！**那討厭的小鬼活該，我等不及要逮到他，一旦落入我的手中，他就慘斃了！」

「讓他一整年每餐都吃冷包心菜？」

「嗯，聖威利的伙食比這更糟糕。」

「讓他用沼澤的水洗澡？」

「這招我們學校早就在用了。」

「讓他穿著襯褲跑越野賽跑？」

「嗯，下雪的時候！」

「眞是個邪惡的點子啊，休斯先生！」

「謝謝妳，梅春。我們不能再浪費時間了，得趕快找到那男孩！」

「我們分頭進行，休斯先生，你檢查冷凍庫，前天幾個孩子還去過那裡。」

「好的，馬上。梅春。」

「我去檢查鍋爐房，如果有任何發現立刻大喊。」

「喔，好的！」

這兩人轉身衝出去繼續搜尋，後頭的護士也魚貫地跟上。

當腳步聲漸漸遠離，搬運工從床墊下面爬出來。

「他們倆真是邪惡啊！」湯姆說這話的時候心臟還怦怦直跳。

「壞得誰也不輸誰。」搬運工說。接著他再度點燃蠟燭，房間又重新在搖晃的微光中顯現。讓湯姆驚訝的是，搬運工立即衝過去把那隻受驚嚇的鳥捧在手中。

「你爲什麼要這樣子對鴿子教授？」他小聲地說。

「鴿子教授？」湯姆難以置信地問。

「對！因爲她非常聰明，是我的寵物。而且，你看，她只有一隻翅膀。」

湯姆低頭看，眞的，那隻鳥的身側有一段殘肢，本來應該是要長翅膀的。

「她怎麼會這樣？」男孩問。

「她生來就這樣，鳥媽媽在她孵出來之後，就把她推出鳥巢外了。」

「眞殘忍。」

「那是動物的本能，我想。她是那窩裡的不良品，就像我一樣。」

湯姆聽著搬運工一邊說一邊撫摸他的寵物鴿子，鴿子在他的呵護下發出愉悅的**咕咕聲**。

「什麼意思？」

「嗯，我媽媽生下我幾個小時後，就把我放在醫院的台階上。」

「我很抱歉。」

「她半夜把我放在那裡，這樣才沒有人會看到她的臉。」

「所以你不曉得你媽媽是誰？」

「或者應該說我曾經的媽媽是誰？不知道。不過我原諒她了。即使我從來沒見過她，但是我還是想念她。」

「她爲什麼把你丟在這裡？」

「我猜她一定以爲我在醫院裡會得到更好的照顧，或許她認爲醫生和護士可以幫我，幫我處理一下這樣的狀況。」

搬運工指著他那張變形的臉，還試著苦笑。

「我真的很抱歉，」男孩說。

「不用爲我感到抱歉，小湯瑪士先生。我還是愛我母親的，不管她是誰、現在在何處。當初沒有人願意收養我，所以這家醫院的創辦人范爺，就讓我待在兒童病房。范爺是一個非常仁慈的人，不像現在這個新院長。」

「安柏告訴我午夜幫在很久以前就有了，是由兒童病房的病人傳承下來的。」

「沒錯。」

「但沒人知道發起人是誰，你知道嗎？」

「我知道。」搬運工對男孩微笑。

「是誰？」男孩興奮得睜大眼睛滿懷期待。

「是我，」搬運工回答。**「我就是午夜幫的發起人。」**

46 白馬王子

「是你?!」聽到這答案，湯姆一時感到天旋地轉。

「是的，小湯瑪士先生，是我！」搬運工咬字含糊地說。

兩人就坐在**范爺醫院**地下室裡潮溼陰暗的家。

湯姆笑了笑。「現在一切都明白了！這就是爲什麼你要幫助我們！」

「是啊，五十多年來我一直在幫病房裡的孩子實現夢想。」

「那你當初爲什麼要發起午夜幫呢？」

「跟你們現在的理由一樣啊，我無聊極了。我在想，范爺一定知道我們這些小孩在搞什麼鬼。但我相信，他由衷地希望他的病人能夠快樂，所以他對我們這些午夜冒險行動睜一隻眼閉一隻眼。」

「那你的夢想是什麼？」

「呃，那時候病房裡的孩子有時候對我很殘酷，他們給我取外號：怪人、大象男孩，或是野獸。」

「那種感覺一定很受傷。」

「是啊！但是會欺負人的孩子，自己一定也不快樂。他們只是把自己的不快樂加諸於別人身上。我想，梅春和你們校長也一樣。我一直對自己的外表非常敏感，所以我夢想著自己是一個英俊的王子，可以去追求漂亮的公主。」

「所以你的夢想實現了嗎？」男孩問。

「就某種程度來說，實現了。那時候我才十歲，病房裡的孩子和我一起用毯子和掃把做了一匹假馬。兩個孩子躲在底下，一個當作馬的前半部、另一個是後半部。我就騎在馬上，去拯救被關在塔裡的公主。那高塔，其實就是醫院天井的最頂端。」

「誰是公主？」

「她的名字叫做蘿西，十一歲，也是這裡的病人，她是我這輩子見過最漂亮的女孩。」

「她住院是要治療什麼？」

「她的心臟不太好。蘿西扮成公主的那晚是我這一生最美妙的時刻。當我救她時，她把初吻獻給了我，也是最後一吻。」

「蘿西怎麼了？」

搬運工猶豫了一會兒。「那晚過後不久，她的心臟就停止跳動了。醫生和護士竭盡所能地救她，就是沒能救回來。」

搬運工垂下頭來，即使講的

是五十多年前的事，那種心痛的感覺彷彿是昨日才發生的。

「眞遺憾。」湯姆把手搭在肩膀上安慰他。

「謝謝你，湯瑪士先生。蘿西對我很好，她不在乎我的外表，她看到的是我的內在。雖然她的心臟很脆弱，但她的心卻很寬廣。失去蘿西讓我明白一件事。」

「什麼事？」

「生命是很寶貴的，每一刻都值得珍惜。只要還有機會，就應該彼此好好對待。」

47 沒有不可能的事

他們倆就在地下室的那房間裡靜靜坐著，直到搬運工打破沉默。

「呃，湯瑪士先生，如果你再繼續這麼坐著，你的麻煩就大了。」

搬運工拿了一些麵包屑給鴿子教授，這隻鳥啄食之後就跳回窩裡。湯姆看到那窩裡有好幾顆小小的鴿子蛋。

「你就要有小貝比了！」男孩說。

「嗯，不過**不是**我的小孩！」他笑著，「是鴿子教授要當媽了，我好期待，希望牠們趕快孵出來。」

搬運工端詳了男孩好一會兒，然後說，「你頭上的腫塊已經完全消下去了。」

「但還是很痛。」湯姆說謊。

「我不笨，我知道你糊弄拉普醫生，就是爲了想在醫院待久一點。」

「但是——」

「你可能騙得了他，但是你騙不了我！現在走吧，我帶你到樓上去找你們校長，你必須趕快回學校去。」

「不要！」湯姆堅決得大喊。

搬運工有點被嚇到，「你說『不要』是什麼意思？」

「就是『不要』的意思，除非把午夜幫集合起來再冒險一次。」

搬運工疲倦得搖搖頭。「不可能的，湯瑪士先生。現在整個醫院上下都緊盯著你們這些孩子，不可能再有午夜幫的冒險行動了。」

湯姆不放棄，「但這話是你自己說的，生命很寶貴！每一刻都值得珍惜！」

「我知道，但是……」

「這樣的話，我們就要幫莎莉實現夢想。我們要善待彼此，只要有機會的話。」

「但是今晚不行，湯瑪士先生，這是不可能的！」

「**沒有什麼是不可能的！**一定有辦法，」男孩說。他誇張得作勢站起來，大步走向門口。**「如果你不想幫我們，那也沒關係！我們可以自己來！」**

湯姆打開門，就在他要走出去的時候，搬運工說話了。

「等等！」他說。

湯姆背對著他，暗自竊笑。湯姆知道搬運工上鉤了，現在他要做的就是把線拉回來。男孩轉身面對搬運工。

「我只是好奇，」搬運工繼續說，「小莎莉小姐的夢想是什麼？」

湯姆猶豫了一會兒，他知道現在要說的，已經超過午夜幫能力所及。「莎莉想要活出**美麗的人生**……就在一個夜晚。」

48 超級大冒險

「我再問一次，湯瑪士先生，」搬運工口齒不清地問。「小莎莉小姐想用一個晚上的時間，活出一生的時光，可能七十年或八十年？」

「沒錯！她渴望體驗人生！」湯姆深吸一口氣，他想這可能是午夜幫有史以來最艱難的任務了。

「體驗所有的事？」

「沒錯，所有的事，你聽我說，我知道這聽起來很瘋狂，但是——」

「聽起來好美啊，」搬運工打斷他的話。他又撫摸一下那隻獨翅鴿後，把鴿子輕輕放回地上。「我們必須有個計畫。」他說。

「我已經有了！」男孩回應。

「什麼？」

「我們辦一場秀，讓莎莉當主角。」

「那是一個什麼樣的秀？」

「那是一生中各種場景的快照。像是初吻……」

「第一份工作？」

「甚至，生一個孩子！」

「這眞是個超棒的點子！」搬運工大叫。

湯姆害羞得臉紅了，從來沒有人稱讚過他，說他有好點子。

「謝謝你。」男孩回應。

「這是一個大夢想，比大還要更大。超級大！我們需要道具、服裝、還有各式各樣的東西。」

「對！有好多東西要準備，我和其他孩子必須立刻著手進行。」

「而且，我們還要把莎莉可能面臨的所有重要時刻列出清單。」

「對。」

「這真是午夜幫最不可思議的最後任務！來吧，鴿子教授，」搬運工說完就把鴿子捧在手裡放進口袋。「**我們將有一場超級大冒險。**」

49 兩隻左腳

現在湯姆真的是在「跑路」了，他不只要躲開醫院的追緝也要逃離學校。因此要從地下室回到兒童病房，對他來說實在是困難重重。這四十四層樓裡有上百個病人、醫生和護士，把男孩和他的目的地隔得遠遠的。

「如果我被看到，那一切就完了。」他說。

「我知道，」搬運工回應。「我要幫你喬裝一下。」

湯姆發現在這房間的角落有一台老舊生鏽的推床。

「我可以假裝成是一個重病患者嗎？」他問。「你可以用床單把我蓋起來，然後把我推回兒童病房，這樣就沒有人會發現我。」

「這個計劃很棒，小湯瑪士先生……」搬運工說。

就在湯姆要跳上那台推床時，搬運工說，「不過你忘了一件事，一件大事。」

「什麼事？」

「昆丁．史崔勒先生剛剛才為了飛天老婦人事件把我炒魷魚，所以我們兩個人都應該喬裝起來。」

「對不起，我忘了，」男孩垂下頭。

「或許我們兩個應該角色互換？」

「什麼意思？」

「我的意思是說，我假裝是醫生，你才是病患！我可以用被單把你蓋起來。」

「我這裡剛好有一條！」搬運工回應。

說完他就拿起一條白色被單，那條老舊被單的顏色已經變得有點灰灰的了。他拿起來抖一抖，頓時房間裡灰塵漫天飛揚，搞得他們兩個又咳嗽又打噴嚏。

「對不起！」搬運工說，「不過，湯瑪士先生，怎樣才能讓人相信你是大人呢？」

這男孩的身高比他同年紀的孩子還矮小。

「一定有辦法的，我只需要讓自己高一點，如果可以踩高蹺的話就好了！」

「我有樣東西或許派得上用場！」

搬運工跑到房間的角落翻東翻西，只見一件件被醫院丟棄的東西被搬運工拋出來，橡皮手套、聽診器、樣本罐子、鐵盤、鉗子……最後終於找到他要的東西。

一對義肢。那是塑膠做的，本來是給因意外或生病而失去腿的人用的。

「這雙腿應該有用！」搬運工說著就把東西遞給男孩。

不過，這義肢其實是不成對的。

湯姆看了好一會兒。

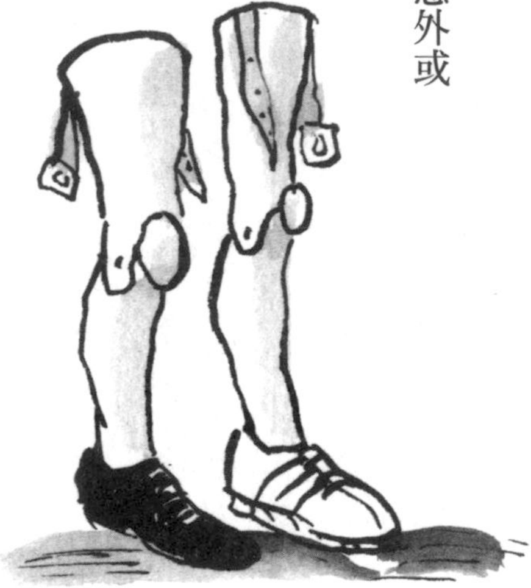

「這是兩隻左腳。」男孩說。

「有誰會去看啊?!」搬運工這話說得很肯定。「我可以借你一件長褲把腿遮住。」

「好吧，那就試試看！」湯姆回答。

不久之後，這二人看外頭四下無人，就從房間裡出來。搬運工借了一條他最乾淨的長褲給湯姆，當然上頭還是覆蓋著厚厚的灰塵。他還找了兩隻左腳的鞋子給義肢穿，當然，這兩隻鞋子也不是同一雙，一隻是黑皮鞋，另一支是白色帆布鞋。

湯姆又在身上加了一件白袍。爲了讓他看起來更像個大人，搬運工還用煤灰幫他畫上鬍渣。就這樣，湯姆踩著新腿，推著生鏽的推車，沿著長廊搖搖晃晃地走。而搬運工蓋著髒床單、躺在推車上，倒是非常享受這有別於平日角色、被推著走的感覺。

「往兒童病房前進！快！」他發號施令。

「我會用這雙腿最快的速度走。」男孩回應。

「聲音低沉一點，拜託！」

「什麼？」

「如果你想讓別人相信你是大人，那你說話的聲音就要**低沉一點。**」

湯姆於是又再說一次，這一次用**非常低的聲音**。**「我會用這雙腿最快的速度走。」**

「現在又太低了！」

男孩嘆了一口氣，又再試一遍。

「我會用這雙腿最快的速度走。」

「這次剛剛好！」搬運工說。

湯姆往前走，立刻就拐了一下，推車就順勢往牆上撞過去，搬運工的頭也撞了上去，而且很**用力**。

「唉唷！」

「對不起！」湯姆說。

「至少現在我真的受傷了！」搬運工說。

他們倆都咯咯笑了起來，然後以他們最快的速度走向電梯。

50 印度薄餅

他們兩個搭著電梯往上，湯姆說，「梅春不會再被巧克力安眠藥騙了。」

「我知道，」躺在推車上的搬運工口齒含糊地說，「所以我們先在另一層樓停一下。」

搬運工把手從床單底下伸出來，按了**36**樓。

「那一樓有什麼？」

「藥局。」

叮！

電梯門在三十六樓打開了。

湯姆踩著高蹺走路的樣子，就像是剛出生的羚羊跨出第一步。他努力保持身體直立，緊抓著推車保命。夜深了，走廊上空無一人。床單下的搬運工，不斷發出指令。

「左轉……」

匡啷！

「小心長板凳。」

碰！

「有櫃台！」

砰！

「穿過那扇門的時候最好慢一點！」

「對不起！」湯姆控制不了，踩在那雙義肢上想保持平衡，還需要很多練習。

「現在聽好，到了藥局之後，你要去申請一支注射筒和五十毫升的麻醉劑。」

「要那些做什麼？」

「可以讓梅春一覺到天亮。」

「但只要一近距離接觸，他們就不可能相信我是醫生的！」湯姆說。

「別擔心，藥局那個輪夜班的老先生耳朵跟眼睛都不好。」

「但願如此！」湯姆回應。

「現在我們要往前走了！藥局就在前面左邊。」

就在這個時候，一個穿著睡衣、手指頭全被繃帶包起來的病人從轉角衝出來，肚子和推車撞個正著。

「唉唷！」拉吉大叫。

「我很抱歉！」湯姆慌張回應。

「再低一點！」被單下的搬運工

小聲說。

「誰在說話？」拉吉問。

「喔，是躺在這裡的病人！」湯姆用低沉一點的聲音回應。**「他是說他的屁股痛……痛的地方又更低一點了。」**

「喔，醫生……」

「誰是醫生？」

湯姆問。

「你啊。」拉吉困惑地回答。

拉吉盯著他好一會兒，湯姆開始緊張得滿頭大汗。

「嗯，醫生，我在找兒童病房。有一個年輕人，名列我書報攤百大最愛顧客名單之一，他也是這裡的病人。」

「是喬治！」湯姆大叫。

「沒錯，他就叫喬治！他昨晚說要幫我叫外賣，可是東西到現在都還沒有到。我點得非常少，只有印度薄餅、印度洋蔥巴哈吉、印度咖哩角、印度辣雞肉咖哩、印度馬鈴薯沙拉、印度瑪莎拉雞、印度蔬菜巴蒂、印度烤餡餅，印度麥餅、印度蔬菜咖哩、印度豌豆奶豆腐、印度黃豆湯、印度薄餅……」

「你說過印度薄餅了……」

「對，我知道，醫生。我要兩份印度薄餅，一份是絕對不夠的。印度酸辣醬、黃金起司瑪沙拉、蔬菜香料飯、印度咖哩、鷹嘴豆馬鈴薯咖哩、羊肉咖哩。」

「就這樣嗎？」

「對，就這樣。我說印度薄餅了嗎？」

「說了，說過兩次。」

「我需要三份印度薄餅，印度薄餅吃再多都不嫌多。」

「看樣子也是！」

「所以你可以告訴我兒童病房怎麼走嗎？」

「不要讓他上去！」搬運工在被單下面小聲地說。

「上去哪裡？」拉吉追問。

「他的屁股！」湯姆回應。「現在非常痛。」

書報攤老闆完全被搞糊塗了，「現在。拜託，醫生，告訴我在哪裡。我已經在醫院上上下下找了好幾個小時。」

「騙他！」搬運工用氣音說。

「他說什麼『扁他』？」拉吉問。

「他是說他想『平躺』。讓屁股不用承受那麼多重量。」

書報攤老闆盯著躺在推車上的人，「他已經平躺了啊！」

「是——是——沒錯啦」，湯姆支支吾吾地說。「他現在是平躺了，但他剛剛還有一點點微微坐起，角度大約有一度。」

「我再問最後一次！」拉吉大聲地說，「兒童病房在哪裡？」

「電梯往下搭到三樓。」

「是？」

「穿過長廊走到醫院的另一邊。」

「是？」

「你會看到階梯。」

「是？」

「爬上階梯。」

「是？」

「會看到兩扇對開的門。」

「是？」

「先左轉。」

「是？」

「再右轉。」

「是？」

「走道長廊的盡頭，你又會看到兩扇對開的門。」

「是？」

「不要管那門。」

「是？」

「然後左轉。」

「是？」

「你都記下來了嗎？」

「沒有，完全沒有。」

湯姆乾脆朝走廊亂指一通，「往那邊走。」

「謝謝你！」拉吉說。「我會留一塊印度薄餅給你的。」

「眞好！」男孩說完，就看著這可憐的人消失在長廊盡頭。

「做得好，醫生！」搬運工玩笑地說，「這是我們最後一次見到他了！現在往藥局前進！」

51 懷疑

湯姆推著推車沿長廊走，長廊盡頭的牆邊有一個窗口，藥劑師就是從那裡把藥遞出來的。

一個老人就坐在玻璃窗口的另外一邊。他是喀德先生，戴著助聽器和厚厚的圓眼鏡，正在那裡大聲啜飲超大馬克杯裡的茶。

湯姆深吸一口氣，然後說，「晚安。」

「再低沉一點！」床單底下傳來微弱的聲音。

男孩又說一次，這次說得更低沉些，**「晚安。」**

喀德先生的頭連抬都沒抬起來一下。

「他沒有回應！」男孩小聲說。

「喀德一定又忘了打開助聽器，」搬運工說。「那你得用喊的！」

「晚安！」男孩大喊。

「不用這樣喊，醫生！我沒有聾！」喀德先生叫了起來。

「對不起！」男孩說。

「你說什麼？」老人把手放在耳朵邊。

「喀德先生，你可能要把你的助聽器打開！」

「你說什麼我聽不見！

我把助聽器調大聲一點。」

喀德先生放下茶杯轉動助聽器。他發現沒什麼動靜，就開始用手指的關節敲打助聽器，然後那個機器嗚嗚響了一下就活過來。

「嗯，你需要什麼嗎？醫生。」喀德先生問。

湯姆笑了笑，這計劃奏效了。

「我需要一個注射針筒和五十公升的麻醉劑，謝謝。」

喀德先生一臉驚恐，「你要這麼多做什麼？你要麻醉一隻河馬嗎？」

「毫升！」床單底下又傳來微弱的聲音。

「誰在講話？」喀德先生追問。

「是我的病人，」男孩回應。

「你的病人怎麼會懂得比你多？你才是醫生啊！」

男孩想了一下，「呃，我的病人有一點，如果用正確的醫學名詞來形容的話，精神不太正常。他以爲自己是醫生，他有妄想症！」

「這還是沒有辦法解釋，他爲什麼知道正確的用量啊。」老人回應。

喀德這話說得有理。

「嗯，」湯姆開始不安得發抖起來，「他妄想得很嚴重，以爲自己是很聰明的醫生。其實，我正要把他推到手術室去呢！」

「爲什麼？」

「有一場手術觀摩正要進行，這就是爲什麼我們需要這些麻醉劑。」

喀德先生疲倦得搖搖頭，「我想我已經看夠多次了，不用再去。五十毫升的麻醉劑馬上來。」

藥劑師從凳子上跳下來，拖著腳步到藥房後面。

「做得好。」搬運工說。

「你不是應該說，『做得好，醫生』嗎？」男孩咯咯地笑了起來。

「不要太驕傲，年輕人！」

喀德先生把藥拿回來的時候，踉蹌了一下，把櫃檯上的藥弄掉了。當他屈身去撿的時候，瞥見了湯姆的腳。

「你有兩隻左腳！」咯德先生察覺了。

「對，」湯姆回應，「大部分人只有一隻左腳，我很幸運有兩隻。」

「我從來沒見過這種事！」藥劑師說。

「呃，除了跳交際舞的時候比較麻煩之外，其他的事都還難不倒我。謝謝你。」

咯德先生透過他那副厚厚的鏡片端詳這醫生，覺得很可疑。

「你要在這裡簽名。」咯德先生一邊說一邊把藥推出窗口。

「謝謝你，」男孩回應，「你有筆嗎？」

藥劑師搖搖頭，「又一個不自備筆的醫生！」

咯德從他上衣的口袋裡掏出一支原子筆，「拿去，休想把它摸走！」

藥劑師把筆滾過去，結果掉到了地上。男孩彎下身去撿，卻失去平衡。

「啊！」

碰！

湯姆跌了個四腳朝天，他的義肢和他都分離了。

喀德往下看。

「你的腳分開了！」他說。

「沒錯，反正我也不需要了，」男孩回應，「有誰需要就拿去好了。」

「你不是醫生！」喀德大叫，「你是小孩！你一定就是大家在找的那個男孩！」

「他是醫生！」在床單底下的搬運工說，「就像我一樣！」

「你們兩個在搞什麼鬼！」喀德大喊。「我要叫醫院的保全來！」男孩一把抓住推車，快速推向走廊，撞過對開的大門時，還發出一聲巨響。

砰！

「我們最好趕快走！」搬運工說，「你拿到注射針筒了沒？」

「有，」湯姆回應。「我們要用針筒這做什麼？」

「簡單！打梅春的屁股！」

52 芒刺在屁股

叮！

電梯門在四十四樓打開了，沿著走廊就可以到兒童病房那扇對開的大門。

「我們要怎麼把針扎到梅春的屁股上？」男孩手裡拿著裝滿麻醉劑的針筒，一邊快速地推著推床。「她一定像老鷹一樣盯著兒童病房。」

「我們必須出其不意，小湯瑪士先生！」搬運工躺在推床上蓋著髒床單，把頭探出來。「不能讓梅春看見我們，否則我們就**完蛋**了。」

「我們有推床，這樣可以增加一些速度。」湯姆邊想邊說。

「對。當然最理想的狀況是，梅春正好背對著我們彎下腰。」

湯姆把推車停下來，再幾步就到那扇大門了。

「我有個點子！」男孩興奮得說，「鴿子教授還在你的口袋裡嗎？」

「在，當然在，」搬運工回答。「這次她要跟我一起冒險。」

「很好！那我們就把她放進兒童病房，小鳥會到處亂竄，這樣就會分散梅春的注意力。你聽到了梅春說她很討厭鴿子吧！」

「這主意很棒，先生，眞的棒極了。」

兩人把手腳趴在地上，從走廊爬向兒童病房。湯姆把門推開一條縫，從那看進去，可以看到窗戶外大笨鐘明亮的鐘面，湯姆發現再過幾分鐘就要午夜了。

男孩又繼續往門縫裡瞧，病房裡所有的燈都熄滅了，孩子們全在床上睡覺。湯姆看到喬治、安柏和羅賓的剪影，但是，莎莉就很難看到了，因爲她的床在病房最遠的

那個角落。有燈光從梅春辦公室裡透出來，她正直挺挺地坐在那裡，眼睛盯著病房裡所有動靜。

搬運工把手伸進口袋，拿出他的獨翅寵物來。然後湯姆把門再稍微推開一點，讓鴿子可以走過去。然而，鴿子教授卻不想動。或許不想跟主人分開吧？不管什麼原因，這隻動物就是決心不動了。搬運工只好把她抓起來，放進病房入口。但這隻執著的鴿子並沒有到處亂走，她就只在門口徘徊啄地板。

「去啊，鴿子教授！去！愛怎麼飛就怎麼飛！」搬運工說。

還是一樣，這隻鳥什麼都不做。她顯然不是那種可以上電視贏得動物才藝比賽的料，眞是可惜，要不然單憑鴿子教授只有一隻翅膀這件事，就是多大的賣點啊。

「去！去！」搬運工催促著，但這隻鳥說不動就是不動。

搬運工無可奈何，也只好跟著往門縫爬進去。他引導鴿子深入病房，走向梅春的辦公室。

突然如雷般的聲音劃破寂靜。

「誰在那裡？」

是梅春，她看見搬運工了。計畫的開展比預期的還快。

湯姆的反應得更快一些。

透過門縫，他看到那女人快速衝出辦公室。他開始把推床往前推，然後加快速度助跑，接著縱身往上跳，手中緊握注射筒。

碰！

推床撞開大門。

就在前方，湯姆正好看到梅春圓圓的屁股。她彎著腰，正想把搬運工從地上拉起來。

「又是你，搬運工！現在給我起來，你這討厭的傢伙！馬上滾出我的病房！聽到嗎？立刻！」

她那被屁股遮住的頭突然轉過來，一定是聽到推床滾輪的聲音。

呼嚕！呼嚕！

「湯瑪士？」她叫道。

不過太遲了！注射筒的針頭已經扎到她屁股。

「唉唷！」她痛得大叫。

湯姆把注射筒的頂端往下按，麻醉劑就打了進去。

梅春的身體往後一仰。

然後……

碰！

這女士立刻倒在地上昏睡過去，還鼾聲大作。

ZZzz——

ZzzzZZzz

——ZZzz……

53 噹！

這會兒安柏、喬治和羅賓都下床了，看著他們的敵人四腳朝天躺在地上。平日打扮得無可挑剔的梅春，現在看起來威嚴盡失，像隻海星一樣四肢攤平在地上，嘴裡還流出一灘口水。

「好，午夜幫開始行動！」湯姆說。「莎莉在哪裡？莎莉？」
湯姆往莎莉的床位望去，安柏什麼話也沒說。
莎莉的床位是空的。
湯姆看著每個人找尋答案，從大家憂傷的表情中他猜出端倪了。
「怎麼了？」男孩問。「莎莉在哪裡？」
「湯姆，你不在的時候，」安柏開始說，「可憐的莎莉病情惡化了。」
「喔不。」湯姆爲了這計劃興奮不已，卻忘記小女孩的病情有多嚴重。
「所以她被送到隔離病房了，」羅賓接著說。
「但是她的夢想怎麼辦？」湯姆問。
孩子們全都搖搖頭。
「今晚不行，湯姆，」安柏回應。「我們沒有辦法。」
「對不起，湯姆。」喬治邊說邊把手放在湯姆的肩膀上。
「至少我們盡力了，」搬運工說，「恐怕一切都結束了。」
兒童病房此時一片寂靜。

噹！
大笨鐘開始敲響午夜的鐘聲。
噹！
大家聽著……
噹！
……都低下頭來。
噹！
時間不斷流逝。
噹！
飛快流逝。
噹！
這一刻就要從他們身邊溜走。

噹！

他們得趕快做些什麼！

噹！

爲了莎莉！

噹！

這小女孩應該有實現夢想的機會……

噹！

……比他們任何人都還迫切。

噹！

應該有辦法的！

噹！

就在鐘聲最後一下敲過後，湯姆宣布：

「你們錯了。」

54 在一起

「又來了……」羅賓自顧自地說。

「請繼續啊！」安柏語帶諷刺，她最不習慣被別人說她錯了。

「正因爲莎莉被送到隔離病房，我們今晚更應該有所行動，」湯姆說。「我之前曾經承諾過她，卻讓她失望。這次我不能再讓她失望了。」

「可是她在隔離病房啊，湯姆，這就表示她病得很重！」安柏說。

「那就把決定權交給莎莉，」湯姆回應，「你們想，我們都知道自己總有康復的一天。羅賓，你會再重見天日；安柏，妳的雙手和雙腳會再好起來；喬治的手術也很成功，不過巧克力要少吃一點倒是眞的。」

「我知道！」喬治回答。「我從現在開始減量，一天一罐就好。」

湯姆笑了笑，即使喬治並非在開玩笑。

「莎莉說過，她不知道自己什麼時候才會好起來，所以她被送到隔離病房這件事，真的把我嚇壞了。這意味著她的病情急轉直下，我們今晚就必須讓莎莉的夢想實現！」

「他說得對。」搬運工同意。

「沒錯，沒錯，沒錯。」安柏直接幫其他兩個男孩回答，「不過她的夢想是要經歷一生所有的時光，這實在太……」

「大？」喬治接話。

「對！」安柏回應。「雖然午夜幫完成了不少酷事，我們都玩得很開心……」

「我都還沒飛到欸。」喬治抱怨。

「啊，事情總是沒辦法盡如人

意。」羅賓含糊地說。

「……可是這次實在有點太難了。」女孩繼續說。

「這就是爲什麼我們要再接再厲，爲了莎莉，」湯姆說，「讓她擁有一個美麗的人生。走吧！拜託！我們可以一起完成這件事，只要午夜幫在一起，我知道我們可以的。我們投票表決吧，願意的，請舉手！」

搬運工和其他兩個男孩都舉起手來，他們全都看著安柏。

「安柏？」湯姆問，「妳加入嗎？」

「我當然要加入！」

女孩喊著，「我只是舉不了手好嗎？」

「好，午夜幫，」湯姆說。

「我們**出發！**」

55 陷在枕頭裡

湯姆把如何實現莎莉夢想的計劃告訴大家，午夜幫其他成員，包括創辦人搬運工，也加入他們的意見。

接著，搬運工帶著安柏、喬治和羅賓到手術室準備所有的東西。在此同時，湯姆則獨自一人到隔離病房接莎莉。他緊張得心臟直跳，對於即將看到的景象毫無心理準備。

湯姆蹲低身體經過護士站，然後把臉貼在莎莉病房的玻璃窗往裡面瞧。只見莎莉的床邊有一堆線和管子，還有一些嗶嗶叫的儀器和閃個不停的電腦螢幕。這些東西都是用來監控她的心跳、血壓和呼吸的，而她就躺在這一堆東西裡面。莎莉的光頭就深陷在一堆枕頭裡，緊閉雙眼。

湯姆猶豫著，覺得這樣打擾她好像錯了。或許他應該直接離開，回去告訴大家，莎莉的夢想終究還是無法實現？

就在湯姆準備轉身離去時，女孩的眼睛睜開了。當她認出湯姆時，她的嘴角出現一抹微笑。她點點頭，示意要他進來。

爲了不吵醒護士站那裡的護士，湯姆儘可能慢慢地、悄悄地打開門，躡手躡腳走進病房，緩緩靠近床邊。

莎莉看著他問道，「你怎麼這麼晚才來？」

湯姆笑了。

好戲正要上演！

56 無人能睡

手術室是一個寬敞明亮的房間，側邊有一個很大的玻璃窗。天花板裝設超亮的頂燈，亮到你根本無法直視，直視的話準會眼冒金星。

湯姆把莎莉的床推到這房間的正中央。

「我好興奮！」莎莉說。

「很好，我們就要開始了。都準備好了嗎？」湯姆問。

「準備好了！」安柏、羅賓和搬運工一同回答。

「還差一點！」喬治喊著，還在那裡東摸西摸，「好了，現在我準備好了。」

「羅賓，你選好音樂了嗎？」湯姆問。

「好了！」羅賓回答，「你們聽到音樂之後，就可以開始了。」

就在羅賓把他的ＣＤ放進播放器之後，其他人也都各就各位。

音樂開始了，一聽就知道是普契尼歌劇《杜蘭朵》當中著名的詠嘆調〈Nessun Dorma〉。

〈Nessun Dorma〉從義大利文翻譯過來就是〈公主徹夜未眠〉，正好和午夜幫的行動主題相吻合。義大利歌詞翻譯如下：

無人能睡！
無人能睡！
妳也一樣，公主殿下，
在妳冰冷的寢宮裡，
仰望繁星閃爍，
因著愛與希望。

這歌詞寫的簡直就是莎莉，在接下來即將呈現莎莉精彩一生的數分鐘，這是最合適的背景音樂。

莎莉就坐在床上，驚奇地看著孩子們在手術室裡忙碌著。羅賓站在房間後面一台投影機的旁邊，當他聽到他最喜愛的歌劇詠嘆調開始播放，他就按下投影機的按鈕，然後機器就動了起來。第一張投影片的影像投射在莎莉正前方的牆壁上。

上頭寫著：**畢業成績。**

莎莉咯咯地笑了起來，「喔不！」

接著湯姆幫莎莉戴上方帽，這方帽子是用穀類早餐的盒子做的。然後他遞給她一卷綁了紅色蝴蝶結的紙。莎莉把這卷成績單攤開，開心地發現，上頭的科目她全都拿到A。

「太好了！」她說。「我就知道我是天才！只是還沒被發現！」

接著羅賓又按下按鈕，下一張投影片顯示：**第一部車子。**

搬運工把一個圓紙盤拿給湯姆，再由湯姆遞給莎莉。上頭用黑色簽字筆畫成車子的方向盤，還寫著豪華跑車製造商的名字「奧斯頓·馬丁」。然後莎莉假裝開車，他們兩個就推著莎莉的床到處轉。爲了增加速度感，喬治還抱著一棵小塑膠聖誕樹，往反方向跑和莎莉擦身而過。

再來是：**初吻。**

搬運工把一束花交給湯姆，然後把湯姆推向莎莉。一想到要接吻，男孩嚇得趕緊把花傳給喬治，喬治顯然對這也不在行，又把花傳給安柏。安柏把這個任務接下了，她命令湯姆把她的輪椅推向莎莉，然後把花交給莎莉，並且在她臉上輕輕啄了一下。

莎莉人生的這一章結束，下一章開始：**陽光假期。**

搬運工把兩個餐盤交給喬治和湯姆，要他們把盤子和莎莉的腳用繩子固定起來。然後他再拿一條有把手的繩子給莎莉，一開始莎莉根本搞不清楚這到底要做什麼。只見這條繩子的另一端綁在安柏的輪椅上，然後搬運工把輪椅向前推，這樣腳綁著餐盤的莎莉被拉起來了。

她在滑水！

莎莉笑了，覺得這點子真是巧妙極了。

下個階段：**結婚。**

莎莉一坐回床上，湯姆就幫她戴上新娘頭紗，這新娘頭紗是用好幾盒白色面紙做成的。喬治把那束花再交回莎莉手中，女孩頓時就變成新娘子了。

接下來搬運工拿出了一頂黑色禮帽，其實是水桶，要給新郎戴。不過今晚是誰要娶莎莉呢？

搬運工把帽子戴在湯姆頭上，湯姆又把帽子戴在喬治頭上，喬治又把帽子戴在羅賓頭上，而羅賓找不到人戴。

「現在是怎麼一回事？」羅賓問。

「你要結婚了。」喬治說。

「跟女孩？」羅賓問。

「沒錯！」

「這種事絕對不行！」羅賓把帽子脫掉傳給喬治，喬治又把帽子戴在安柏頭上。

「看來妳得跟安柏結婚了。」搬運工說。

「我很樂意！」莎莉回答。

然後搬運工把一個大大的金屬戒指交給安柏，讓她把戒指套在莎莉的手指。儘管這戒指不是金的、又太大、而且一看就知道是從浴簾上拔下來的，淚水還是從莎莉的臉頰滑下來。這場婚禮雖然不是眞的，但這份感動卻是眞實的。湯姆和喬治還抓一把一把的米往這對新人身上灑，搬運工則跑去把電燈不斷打開又關上，想營造出閃光燈不斷閃爍的感覺，這眞是個完美的結婚場景。

「告訴我，你們看到了什麼！」羅賓急切得喊。

「莎莉在哭。」湯姆回應。

「是高興的淚水，還是難過的淚水？」

「是高興的！」莎莉邊哭邊擦掉淚水。

羅賓笑了，同時按下按鈕換到下一章：**生小孩。**

看到這裡，莎莉又咯咯地笑了起來。他們要怎麼去弄到小嬰兒呢？不會真的到產房去「借」一個吧?!喬治戴著護士帽，交給女孩一個裹起來的小布包，莎莉感覺到這個小布包在動，打開來一看，裡面裝的竟然是鴿子教授。這隻鳥頭上戴著小嬰兒的帽兜，那帽兜是用橡膠手術手套做成的。一看到這隻鳥的臉，莎莉笑了。她輕撫著牠的頭，牠就咕咕地叫了起來。

接著午夜幫直接進入莎莉人生的下一章：**工作。**

搬運工指揮男孩們把醫院的一面屏風推過來，這屏風被畫得像是唐寧街十號的大門，也就是著名的英國首相府邸。他們把這屏風推到莎莉背後，莎莉又咯咯地笑了起來。

「我就知道我會有一份人上人的工作！」

這時候，搬運工把一個皇冠戴在安柏頭上。這皇冠是用穀類早餐紙盒裁剪製作而成的，邊緣還貼上許多閃亮的糖果包裝紙，有白、綠、紅等各種不同的顏色（紫色的全都被梅春吃光了），感覺像是鑲上了鑽石、翡翠、和紅寶石一樣。這時羅賓把電燈打開又關上。

喀擦！

就像相機的閃光燈一閃，捕捉住首相和女王會面的鏡頭。

下一張投影片上頭寫著：**孫子。**

「這麼快！」莎莉叫著，有六隻剛孵出來的小鴿子包在毛巾裡，遞到莎莉的手中。鴿子教授剛剛當上母親，莎莉就成了祖母了！

「六個小貝比！」莎莉叫著。

「六胞胎！」安柏說。

「我猜，不是眞的嬰兒吧！」羅賓喊著說。

「是小鴿子！」莎莉回應。「我全都好喜歡喔！」

在詠嘆調〈公主徹夜未眠〉的音樂到達最高潮時，午夜幫的所有成員都圍在莎莉床邊，床上擺滿了這一生的所有道具和服裝。安柏又把皇冠戴上；喬治把唐寧街十號大門推著轉圈圈；搬運工把六隻小鴿子接過去，再把繩子拉過來，這樣女孩又可以滑水了。

〈公主徹夜未眠〉就要結束，演唱者的最後一個音一直不斷延續著。莎莉就在樂聲中，起身鞠躬謝幕。

「這是我的人生！」女孩喊道。

他們全都爲她歡呼。

「太棒了！」

就在這個時候，湯姆的眼角餘光似乎瞥見了什麼。有一群人聚集在手術室超大玻璃窗的另外一邊，醫院院長昆丁·史崔勒先生站在最前面，一堆表情嚴肅的醫生和護士在後面，全都盯著他們看。

搬運工發現湯姆好像被什麼轉移了注意力。

「湯姆，怎麼了？」他小聲問。

「你們看！」男孩回應。

搬運工、安柏、喬治、和莎莉全都隨著男孩的眼光望去，看到那群站在玻璃窗後面的人。

「喔不，」湯姆說。**「我們的麻煩大了。」**

57 她笑了

一時之間氣氛非常詭異，手術室和觀察室之間的玻璃窗隔開兩邊的人馬相互對望。

然後最意想不到的事情發生了。院長昆丁．史崔勒先生帶頭鼓掌，接著醫生和護士們也跟著拍手。從他們臉上的表情看來，他們顯然被目睹的情況深深感動了。

「發生什麼事了？」羅賓問。

「看來不像會有什麼麻煩。」湯姆回應。

史崔勒衝進手術室，醫生和護士也尾隨著進來。

「真是太美了！」院長說，「太令人感動了。」

「謝謝您！」安柏說，「這大部分是我的想法。」

湯姆對著喬治和搬運工翻了個白眼。

「很好，小女孩，我們按照順序一個一個表揚。你知道最令人感動的部分在哪裡嗎？」

「是我按投影機的按鈕嗎？」羅賓問。

院長沒聽懂這男孩的冷幽默，所以正經八百地回答，「不是，年輕人，雖然你按鈕也控制得超棒的。真正令我感動的地方，是小病人臉上的笑容。」

說完，他就笨拙地拍拍莎莉的頭。這女孩本來從剛剛到現在都一直在笑，可是突然被這完全不熟的人像拍狗一樣地拍著頭，頓時感到非常厭惡。

「**范爺醫院**所有的醫生和護士，事實上是每個人，都非常努力想幫助小蘇西……」

「莎莉。」莎莉說。

「妳確定？」史崔勒問。

「確定，」莎莉回應。「我的名字叫莎莉，千眞萬確，這點我還記得住。」

「她可以把名字改成蘇西，如果這樣對您有幫助的話，昆丁先生。」羅賓提議。

「不，這倒沒有必要，孩子，」院長再一次沒聽懂他的玩笑話。「不過有一件事我們從來沒做過，甚至沒有想過，就是讓她開心地笑。」

「非常感謝您，昆丁先生，」安柏又把所有的功勞都搶走。「順帶一提，我的名字叫安柏，如果你正好要推薦榮譽爵士名單的話。」

「昆丁先生，有一件很重要的事您必須知道。如果沒有他的話我們是沒有辦法完成這些事的，」湯姆緊緊地抱住搬運工，「他才剛剛被您解僱！」

「是啊，是啊，」史崔勒先生自顧自地說。「呃，我一整天都在爲這個決

定傷腦筋，畢竟，他打從出生起就被范爺先生收留進我們醫院裡。」

搬運工笑了笑。

「他在這裡長大，」昆丁先生繼續說。「而且這份工作他也做了好多年了。」

「四十四年！」搬運工說。

「真的嗎？嗯，那**范爺醫院**就是你的家了。以前是你的家，將來也會是你的家。看到莎莉臉上的笑容，讓我明白你可能就是我們醫院裡最優秀的人。各位先生女士，原諒我這麼說，他可能比得上一百個醫生和護士。」

此話一出，引起在場的醫生和護士議論紛紛。

「謝謝你，昆丁先生。」搬運工驕傲得回應。

「我們醫院把孩童的疾病傷害都照料得很好，」史崔勒繼續說，「但我忽略了他們的情緒，搬運工先生，抱歉，你叫什麼名字？」

「我不知道，」搬運工說。「從來沒人幫我取過名字。」

「什麼？為什麼？」院長大吃一驚。**「每個人都應該要有個名字啊！」**

「我一出生就被媽媽遺棄了，」搬運工繼續說，「而且沒有人收養我，所以也就沒有人想過要幫我取名字。」

「這樣不行！」羅賓頭一次說話這麼嚴肅。

「我們得幫你取個名字，」昆丁先生說。「你有喜歡的名字嗎？」

「我喜歡湯瑪士！」搬運工回應。

湯姆害羞得笑了起來。

「那就叫湯瑪士吧！」院長宣布。「而且，湯瑪士，你在這裡有終生職，不過你得承諾不可以再有飛天裸體老婦人事件……」

老湯瑪士笑了笑，「我盡量。」

「現在已經很晚了，」昆丁先生看看他掛在背心的金懷錶，「我要你們全都立刻上床睡覺。」

「是的，先生。」孩子們低聲回應。

「我打電話叫梅春來接你們。」院長說。

「喔不！」湯姆突然跳起來，他想到梅春還像隻海星一樣四腳朝天躺在地上。「我們的朋友，老湯瑪士，可以帶我們上去。」

「那就這樣吧，我可不想你們整晚都沒睡！」

老湯瑪士笑了笑，然後開始推著莎莉的推床走出手術室，其他的孩子也跟著走出去。

「等等，莎莉必須回到隔離病房。」昆丁先生命令。

孩子們都失望地垂下頭來。

「可是我不想回去，」莎莉抗議，「拜託，我想和我的朋友在一起。」

院長此時看起來非常不自在，這麼一大群醫生跟護士圍在身邊，他得做出正確的決定才行。這女孩的病情很嚴重，醫院的職責是要照顧病患，他環顧周遭每一個人。

一陣嗡嗡的耳語響起，「讓她跟她的朋友在一起」、「讓小女孩開心」、「給她想要的」。

手術

但只有今天晚上。」

「好吧！」

院長大聲說。「莎莉，妳可以回去兒童病房，

「太好了！」

聽到這個好消息，在場的人都歡欣鼓舞。

「不過上去之後要馬上熄燈，我要你們每個人都睡個好覺。」

「難道我們連做夢都會搞鬼嗎，先生。」羅賓不以爲然地笑了笑。

58 今夜即永恆

午夜幫全都回到病房的時候已經是凌晨三點了。

即使梅春平常對他們很壞，讓她這樣癱在地板上，孩子們還是於心不忍。所以，在老湯瑪士的協助下，大家合力把她搬到床上，讓她可以好好睡個覺。他們甚至還幫她蓋好被子。老湯瑪士自己則到梅春的辦公室打個盹。

就在梅春呼呼大睡的時候……

ZZZZ，ZZZZ，ZZZZ，ZZZ

……午夜幫就在那裡玩遊戲、分糖果、講故事。隨著興奮之情逐漸平復，喬治、羅賓和安柏開始打起瞌睡，這時莎莉轉向湯姆。

「謝謝你，湯姆。」她說。「你眞好，把這次實現夢想的機會讓給我。」

「這就是午夜幫的精神所在啊，」男孩回應。「朋友的需求優先。」

「那好，你就是我最好的朋友。」

「謝謝妳，妳應該再去睡一下。」

「我只是想問你……」

「什麼？」

「你的夢想是什麼？什麼是你最想實現的？」

「說出來妳一定會覺得很蠢，尤其跟妳的夢想比起來，不過……」

「不過什麼？」

「我就只是想見到我的父母。」

「這一點都不蠢啊。」

「我非常想念他們。」

「他們在哪裡？」

「在遠方的某個沙漠裡。我躲在地下室的時候，聽梅春說她把他們打來的每通電話都掛掉了。」

「什麼？」

「還有我的校長把他們寫來的信統統燒掉。」

「太過份了！」

「是啊，我還以爲他們一點也不關心我……」

「現在你知道了。」

「沒錯，莎莉，我眞希望能見到他們。」

「你會的，我相信，」莎莉眼睛一亮，「湯姆，我必須說今晚眞是太棒了，我經歷了一生的冒險。」

「是啊，妳值得擁有這一切，妳是非常特別的。不過現在妳必須睡覺

了。」

「我不想睡，我希望今晚永遠不要過去。」

不過這是不可能的。

沒有什麼是永恆的。

儘管病房裡所有孩子都希望時間在今夜停格，但早晨的陽光依然透過大窗照射進來。

59 我的屁股痛

破曉時分，兒童病房終於恢復平靜。不過就在湯姆閉上眼睛試著再多睡一會時，一個熟悉的聲音在耳邊響起。是昆丁・史崔勒先生。

「梅春！」他大聲喊，**「妳怎麼躺在床上？」**

湯姆睜開眼睛。

「給我起來，妳這個女人！」史崔勒大叫，「我不是付錢讓妳來這裡睡覺的！」

梅春醒來，「我在哪？」

「在床上！」

「在家裡嗎？」

「不是，在醫院！」

「我生病了嗎？」她問道，湯姆注射的麻醉劑真的把她搞迷糊了。「我的屁股痛！」

「沒有，妳沒病，梅春！不過妳的麻煩大了！」

這時所有孩子一個個醒來，聽見他們的敵人被這樣數落，他們實在太開心了。

「我實在非常非常抱歉，先生。」她說。

「道歉還不夠，梅春！我要妳立刻離開兒童病房，從現在起妳負責清潔馬桶，直到有新的任命為止。」

「是的先生，抱歉先生。」梅春回應。

她連忙從床上爬下來，一腳穿鞋、一腳沒穿，一手還揪著疼痛的屁股，跌跌撞撞地走出病房。

湯姆看到昆丁先生走近他的床，趕緊把眼睛閉起來假睡。

「孩子？快起來！你要出院了。」

湯姆還是繼續假裝睡覺，因爲他不想離開兒童病房。現在不要，永遠都不要。

忽然他感覺手臂被指頭用力戳了一下，他知道再也無法假裝下去了。

「但是我不想再回去那可怕的寄宿學校，先生。」湯姆哀求。

「這點我倒沒意見，因爲來接你的不是校長。」

「不是？」男孩想不出還會有誰來接他。

「不是，是你爸媽來接你了。」

60 被遺忘的巧克力脆皮雪糕

兒童病房那扇對開的大門打開，進來的是湯姆的爸媽。

「湯米！」他媽媽大喊，並且展開雙臂，迎接衝向她的湯姆。

婦人一把摟住他，給他一個緊緊的擁抱。湯姆的爸爸不太適應這種場合，只是一副男子氣概的樣子，在兒子背上拍了好幾下。

「真高興見到你，兒子。」他說。

因爲在沙漠工作，湯姆爸媽的皮膚曬得黝黑，他們身上還穿著工作服，顯然來得很匆忙。

「一個叫做莎莉的女孩打電話給我們，跟我們說我們應該來看看你。」媽媽說。

「莎莉?!」湯姆大叫。

「對！一個可愛的女孩，她在梅春的一些紙上找到我們的電話，還叫我們趕快來。我和你爸爸都很擔心你。」

「那就是莎莉，在那裡！」湯姆指向病房最遠的角落。

「早安，卡普先生、卡普太太。」莎莉喊著。

「早安，親愛的！」媽媽回應。「你們應該來我們那裡住住。」

「我很想。」湯姆說。

「我也是。」莎莉說。

「**那個天殺的女人梅春**，每次我們打電話來想跟你說話，她總是把電話掛掉！」爸爸說，「我們很想知道你的消息，學校祕書打電話通知我們說你的頭被打傷了，我們至少打了一百通電話到醫院。現在，頭上的傷怎麼樣

了？」

「好多了，謝謝爸爸。」湯姆笑著回答。

「很好，很好。」

「還有，媽、爸，我完全不知道你們有寫信給我。」

「我們每個禮拜都寄信到聖威利學校，從沒間斷過，」媽媽說，「你從來沒收到過嗎？」

「沒有，連一封都沒有。」

「這沒有道理。」爸爸說。

「休斯先生，也就是我們校長，**把信全都燒掉了。**」

爸爸非常生氣，湯姆從來沒有見過他這樣。

「如果讓我再看見著那個人……」

「冷靜，麥爾坎！」

媽媽對他喊著。

爸爸深呼吸了好幾口氣，情緒才慢慢緩和

下來。

「好，兒子，你放心！我們不會再把你送回那間可怕的學校了。」他說。

「太棒了！」 湯姆大叫。

「從現在開始我們都要在一起，」媽媽說，「一個完整的家庭。」

「走吧，兒子。」爸爸說。

這時候，塗琪推著她的餐車走進來。

「早安！早安！大家早安！」

「太好了，」湯姆自言自語，「我可以不用吃這裡的早餐了。」

湯姆把圍簾拉上。

「湯瑪士！你要離開我們了嗎？」她喊著。

「對。而且不好意思，恐怕我沒辦法留下來吃早餐了。」

「多可惜啊！今天早上我的餐車裡什麼都有！」

「當然，那就下次吧。」

「喔，對了，我想我找到你們校長休斯先生了。」塗琪說。

「什麼時候？在哪裡？」 湯姆問。

「今天早上，在冷凍庫裡。」

「**什麼？**」

「他不知道怎麼搞得，被鎖在裡面一整夜。」

「他昨天晚上到冷凍庫找我！可怕的人！真是自食惡果！」湯姆說。「所以他現在在哪裡？」

「就在這裡！」塗琪說完，把蓋在餐車上的一大塊布掀開。

真的是休斯先生躺

在那裡，還直發抖。他身上覆蓋一層霜，好像一支被遺忘的巧克力脆皮雪糕。

「救救救救我我我！」校長含糊不清地說。他的牙齒打顫得太厲害，幾乎沒法說話。

「我真應該把他帶下去，看看醫生護士有沒有辦法幫他解凍。」塗琪說。

「別忙，慢慢來。」湯姆帶著一抹微笑回應。

61 溫柔的一吻

老湯瑪士從梅春的辦公室裡出來，一拐一拐地走向兒童病房。經歷了昨夜的冒險後他睡了一覺，不過現在看起來走路還有一點不穩。然而，一看到院長昆丁·史崔勒先生在病房裡，他整個人都清醒過來了。

「喔，嗯，呃，早安，昆丁先生！」

「啊！早安，老湯瑪士。」

「所以您確定我可以保住我的工作了嗎？昆丁先生。」

「不！」昆丁先生回答。「抱歉，我改變主意了。」

「可是您說——！」湯姆抗議。

「我還沒說完，孩子，」史崔勒打斷他的話，「看到你讓孩子們這麼快樂，我決定改變你在這家醫院的角色。」

「喔，好的，昆丁先生？」

「嗯，現在起兒童病房由你負責，我想你的職稱就叫做**歡樂醫生**！」

「好棒啊！」孩子們都歡呼起來。

「喔，謝謝您，昆丁先生！我好喜歡這份工作！」老湯瑪士說。

湯姆的父母也在一旁看著這一切。湯姆衝去恭喜他，並且擁抱這新上任的**歡樂醫生**。

「我真爲你高興！」男孩叫道。

「喔，謝謝你！」他話還沒說完，其他孩子也都衝過來擁抱他，安柏也拚命擠上來，雖然手臂斷了，她還是有辦法。

「不過我想你不能再睡在醫院地下室了。」昆丁先生接著說。

「不，昆丁先生，」老湯瑪士回應。「我很抱歉。」

塗琪這時走向他。「呃，如果你需要有地方住，可以來我那裡睡沙發。」

「眞的嗎？」老湯瑪士問。

「當然是眞的！」

「妳眞好，我從來沒想過，我能有個像樣的**家**。」

「還包括免費早餐喔！」塗琪回應。

「我通常不吃早餐，」他說謊。「不過謝謝妳能讓我睡沙發，這就已經非常好了。」

「嗯，小男孩，打從你來了之後，醫院似乎改變了許多，」昆丁先生接著說，「我得說這一切變得更好了，很高興有你跟我們一起在**范爺醫院**的這段時光，提姆。」

「是湯姆。」湯姆回答。

「你確定？」

「非常確定，先生，謝謝您。」

「我們眞的該走了，兒子！」湯姆的爸爸說。

「爸，再等一下！我得跟我的朋友說再見。」

湯姆先衝到莎莉那裡。

「所以你的夢想眞的實現了，湯姆，」莎莉說。「我就跟你說吧！」
湯姆笑了，「這一切都要謝謝妳，莎莉。」男孩看著其他朋友，「我眞的會非常想念你們的。」
「我們也會想念你的，」喬治說。「不過，換個角度想也不錯，我可以吃到更多巧克力，再也不用分給你了。」
「午夜幫沒有你就不一樣了。」安柏說。
「我眞希望你可以不要離開，湯姆。」莎莉說。
湯姆在她的光頭上輕輕一吻。「我很抱歉，但我必須離開。」
「你會來醫院探望我嗎？」莎莉問。
「會的。」湯姆回答。
「一定？」
「我保證，這次我一定會守住承諾。」
他們兩個都笑了。
「我也不會忘記你的，」羅賓說。「對不起，你叫什麼名字？」他開玩笑說。

「哈！哈！哈！」

大家都笑了。

「大夥兒，再見了！」湯姆說。「每晚到了午夜我都會想起你們的。不管我們在哪裡，不管我們做什麼，讓我們在夢裡相遇，一起經歷一場最瘋狂的冒險吧。」

男孩走向大門，在那裡牽起父母的手，緊緊握著。現在他們是一家人了，他再也不想放手。

湯姆最後再轉頭看朋友一眼，然後就消失在他們眼前。

結語

不久之後，兒童病房的大門又被推開了。一個穿著睡衣的人衝了進來，他的手指頭全都纏著繃帶。

「我要客訴！」拉吉沒好氣地叫著。

「什麼？」喬治問道。

「我一直沒拿到我叫的外賣！」

「但——但是？」

「我要再點餐一次，印度薄餅……」

《神偷阿嬤》　定價：250 元

小班最討厭每個週末都必須到阿嬤家過夜，因為阿嬤超無聊的，只會玩拼字遊戲跟煮甘藍菜料理，連放出的屁都是甘藍菜味。後來他發現「無聊的老太婆」只是阿嬤的偽裝，「國際頭號珠寶神偷」才是她不為人知的真面目，小班因而開始期待每個週末的到來。為了幫助阿嬤完成畢生夢想，小班決定練習各種逃生技巧，參與竊取行動！

《臭臭先生》　定價：250 元

蔻洛伊在學校沒有朋友，還遭受霸凌，在家也不得媽媽的疼愛。某天蔻洛伊鼓起勇氣和街友臭臭先生成為朋友，但媽媽為了競選國會議員，提出把街友趕出社區的政見，使得蔻洛伊可能失去唯一的一位朋友。於是蔻洛伊決定幫臭臭先生找一個「家」！

《小鬼富翁》　定價：250 元

小喬是全世界最富有的小孩，爸爸靠賣捲筒衛生紙就非常非常有錢。小喬擁有一切，享盡榮華。他卻從炫富私校轉學到公立學校，以為能夠過著開心的平凡生活。

當他發現他的第一個朋友—巴布，總是被欺負時，想要用錢來解決問題的小喬，卻不懂為何巴布會氣得跟他絕交。而後當富有身分曝光後，頓時間全校的孩子都想來跟小喬當朋友，他的心中充滿難過與憤怒……

《巫婆牙醫》　定價：320 元

阿飛最討厭看牙醫了，就算滿口牙齒黃黃黑黑也覺得沒關係，班上很多同學都跟他一樣。

學校的新牙醫露特女士用糖果當作獎勵，大家都開心極了！但奇怪的事情接二連三的在夜晚發生，大家把掉下來的牙齒放在枕頭下祈求獲得硬幣，隔天早上醒來時，枕頭下方卻是數百隻不斷鑽動的蟲子在爬行！

《冰原怪獸》　定價：390 元

故事發生於 1899 年的倫敦。流浪街頭的孤兒愛爾西聽說了冰原怪獸的消息，她偷溜進博物館後，發現這隻萬年長毛象滴了一滴淚，於是愛爾西決定和博物館的清潔工達蒂一同展開救援行動！她們和躲藏在地下室的博士用雷擊復活了長毛象，並踏上僅有一次的冒險旅程，各方英雄紛紛加入這場百年前最偉大的歷險。

《鼠來堡》　定價：320 元

柔伊有個非常懶惰的繼母－吸辣，繼母的興趣就是整日坐在沙發上看電視吃洋芋片，任何家務都由年紀還小的柔伊包辦，而柔伊平時還得面對在學校遭田娜霸凌的麻煩日子。

寵物鼠阿米蒂奇是平撫柔伊悲慘人生的唯一慰藉，但是校門口賣漢堡的伯特卻對阿米蒂奇心懷不軌。

《瞪西毛怪》　定價：320 元

溫先生與溫太太是世上最溫和的父母，但他們的女兒淘淘卻恰恰相反，為了滿足女兒的需求，每天都手忙腳亂。儘管她想要的東西都有了，卻還不夠，遠遠不夠！現在，這女孩，還要一個「瞪西」！

父母為了寶貝女兒，深入最深幽最暗黑最叢林的熱帶叢林，穿過歐洲大陸，跨越非洲，只為了將淘淘想要的「瞪西」給帶回家！但當瞪西的炸彈式登場後，又即將引爆出一個無敵瘋狂又離奇的荒誕故事。

《皇家魔獸》　定價：390 元

距今一百年的 2120 年，世界皆已籠罩在黑暗之下。艾弗列是英國的王子，他已十二歲，但是打從出生以來就沒有離開過白金漢宮，也從沒有見過白日的陽光。

英國倫敦遭遇前所未有的革命反叛，肅殺氣氛之中，艾弗列的母后被皇家侍衛強行無禮地拖到塔頂去，就連父王也已變得兩眼無神，行屍走肉。

艾弗列躡手躡腳地跑竄整個白金漢宮，他想要知道真相，卻意外發現國王的貼身忠僕護國公操控著一切……

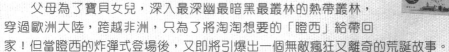

蘋果文庫 悄悄話回函

親愛的大小朋友：

感謝您購買晨星出版蘋果文庫的書籍。即日起，凡填寫此回函並附上郵資55元（工本費）寄回晨星出版，就可以獲得精美好禮乙份！

打★號為必填項目

★購買的書是：午夜幫

★姓名：＿＿＿＿＿＿＿ ★性別：□男 □女 ★生日：西元＿＿＿年＿月＿日

★電話：＿＿＿＿＿＿＿ ★e-mail：＿＿＿＿＿＿＿＿＿＿

★地址：□□□ ＿＿＿＿ 縣／市 ＿＿＿＿ 鄉／鎮／市／區

＿＿＿＿ 路／街 ＿＿ 段 ＿＿ 巷 ＿＿ 弄 ＿＿ 號 ＿＿ 樓／室

職業：□學生／就讀學校：＿＿＿＿＿ □老師／任教學校：＿＿＿＿＿

□服務 □製造 □科技 □軍公教 □金融 □傳播 □其他＿＿＿＿＿

怎麼知道這本書的呢？

□老師買的 □父母買的 □自己買的 □其他＿＿＿＿＿＿＿

希望晨星能出版哪些青少年書籍：（複選）

□奇幻冒險 □勵志故事 □幽默故事 □推理故事 □藝術人文

□中外經典名著 □自然科學與環境教育 □漫畫 □其他＿＿＿＿＿

★感想：

線上填寫回函，
立即獲得網路書店
50 元購物金

請填妥後對折裝訂，貼妥郵票後寄出即可。

黏貼 8 元郵票

407　台中市工業區30路1號
晨星出版有限公司
TEL：（04）23595820　FAX：（04）23550581
e-mail：service@morningstar.com.tw
http://www.morningstar.com.tw

請延虛線摺下裝訂，謝謝！

午夜幫